One Love
One Direction

BARBARA BECKAM

One Love One Direction

Tradução
Roseli Dornelles dos Santos

1ª edição
Rio de Janeiro-RJ / Campinas-SP, 2015

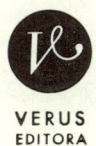

VERUS
EDITORA

Editora
Raïssa Castro
Coordenadora editorial
Ana Paula Gomes
Copidesque
Maria Lúcia A. Maier
Revisão
Cleide Salme

Capa
Adaptação da original (Francesco Marangon e Laura De Mezza)
Foto da capa
© Corbis
Projeto gráfico e diagramação
André S. Tavares da Silva

Título original
One Love, One Direction

ISBN: 978-85-7686-411-0

Copyright © Sperling & Kupfer Editori S.p.A., 2014
Todos os direitos reservados.

Tradução © Verus Editora, 2015
Direitos reservados em língua portuguesa, no Brasil, por Verus Editora. Nenhuma parte desta obra pode ser reproduzida ou transmitida por qualquer forma e/ou quaisquer meios (eletrônico ou mecânico, incluindo fotocópia e gravação) ou arquivada em qualquer sistema ou banco de dados sem permissão escrita da editora.

Verus Editora Ltda.
Rua Benedicto Aristides Ribeiro, 41, Jd. Santa Genebra II, Campinas/SP, 13084-753
Fone/Fax: (19) 3249-0001 | www.veruseditora.com.br

CIP-BRASIL. CATALOGAÇÃO NA FONTE
SINDICATO NACIONAL DOS EDITORES DE LIVROS, RJ

B355o

Beckam, Barbara
   One love, One Direction / Barbara Beckam ; tradução Roseli Dornelles dos Santos. - 1. ed. - Campinas, SP : Verus, 2015.
   23 cm.

   Tradução de: One love, One Direction
   ISBN 978-85-7686-411-0

   1. Ficção infantojuvenil italiana. I. Santos, Roseli Dornelles dos. II. Título.

14-18404   CDD: 028.5
                                                        CDU: 087.5

Revisado conforme o novo acordo ortográfico

Para Vittoriella

Prólogo

— Mas como é que isso funciona? Onde é que carrega o arquivo? Você está vendo?

— Tenta clicar aqui — respondeu Megan, apontando para um ícone à direita da página.

— Siiimm!!! Finalmente está indo! — exclamou Mapy, entusiasmada.

Na tela apareceu uma ampulheta.

Megan e Mapy observaram o pequeno desenho num silêncio religioso, enquanto o sistema carregava o arquivo.

```
                    20%
                    46%
                    63%
                    78%
                    89%
                   100%
    Seu arquivo foi salvo em nosso sistema.
      Obrigado por participar e boa sorte!
```

As duas amigas se abraçaram.

— Agora é só cruzar os dedos! — disse Mapy emocionada, com esperança nos olhos e um sonho no coração.

The Guardian, 30 de setembro

ONE DIRECTION SE SEPARA MILHÕES DE FÃS CHORAM

Londres. — É oficial. A banda que vendeu milhões de discos se separou. A notícia foi dada em um breve comunicado à imprensa, entregue às agências de notícias pelo empresário do One Direction, que atribui os motivos da decisão a divergências artísticas irreconciliáveis.

Com o anúncio do "divórcio", milhões de fãs em todo o mundo mandaram mensagens desesperadas para que seus ídolos voltem atrás na decisão, sobrecarregando os servidores que hospedam o site oficial dos cinco rapazes ingleses, assim como o Facebook e o Twitter da banda.

Nada mais foi revelado além das poucas e enigmáticas palavras do comunicado, mas, como era previsível, já circulam na internet os boatos mais disparatados sobre os reais motivos do rompimento. Alguns mais bem informados murmuram que a crise da banda deve ter se iniciado há um mês e meio, durante as últimas fases de gravação do novo álbum, lançado hoje e já no topo das paradas mundiais. Todos os compromissos e a turnê prevista foram cancelados e, por enquanto, só resta às fãs enlouquecidas rezar e esperar por uma mudança de rumo nesse novo cenário. E que seja para melhor!

Quase dois meses antes

— Alô, Mapy. Está ouvindo? Mapy, responde! Que barulheira é essa?
— Um oento. Esera!
— Mas o que você está fazendo?
— Esera! Aora ão á!
— Mapy! Você está me deixando preocupada. Onde você está? Mapy, responde!
Do outro lado do telefone se ouvia apenas uma barulheira imensa.
— Sai daí, eu preciso te contar uma coisa. Vamos, estou explodindo, preciso contar pra alguém!
— Pronto, Megan. Tá me ouvindo? Desculpa, mas eu estava segurando um batedor de claras na boca, equilibrando uma caixa de ovos numa mão e algumas tigelas de inox na outra, enquanto tentava segurar o fone para te escutar. Estou na cozinha, está uma loucura isso aqui! Minha mãe está viajando a trabalho e só volta na próxima semana, o tio John foi ao casamento do Billy Five e...
— Billy Five? Ele mesmo, o apresentador de tevê?
— Siiiimmm! Ele vai se casar hoje e nós vamos fornecer os doces e o bolo para a festa. Você tinha que ver o bolo, que brega! Os próprios noivos desenharam. Ninguém nunca viu um bolo de casamento com estampa de oncinha, preto, branco e rosa-choque.
— Depois você me conta, agora preciso te dizer uma coisa superimportante! Estou tão emocionada, nem acredito!
— Eu é que não acredito! O creme está queimando. Espera um pouco! — disse Mapy, tirando o fone do ouvido e correndo para controlar o prejuízo.

— Mapy? Mapy?

Megan ouviu um barulhão e a amiga xingando.

Depois de alguns minutos, ela voltou a falar.

— Caramba, o creme queimou mesmo. Estou superatrasada. Mas onde é que o cara da agência foi parar?

— De quem você está falando? Mapy, está me ouvindo?

— Lembra do Nigel?

— O substituto daquele ajudante que foi para os Estados Unidos? — perguntou Megan.

— Exatamente, ele mesmo. Inventou de ter uma alergia. Já pensou? Um aspirante a confeiteiro com alergia a ovos! Só podia acontecer comigo. E hoje é sábado, a confeitaria está cheia de gente e estou sozinha, tentando fazer o possível, mas está dando tudo errado. Queimei o creme, o chantili desandou, o forno está encrencando, as gêmeas Wiston estão mais azedas que o normal e toda hora vêm aqui me perguntar "Isso tá pronto, aquilo tá pronto?"

Megan caiu na risada ao ouvir a amiga fazer a imitação perfeita da voz anasalada das "senhoritas" Wiston, duas gêmeas idênticas de meia-idade que trabalhavam há mais de vinte anos na confeitaria Sweet Cream, propriedade da família de Mapy.

— Só falta a Alana chegar pra me deixar histérica.

Alana era a adorada sobrinha das senhoritas Wiston, uma garota antipática de dezessete anos com corpo de modelo, que tinha a sorte descarada de não engordar nem um grama mesmo comendo sem parar e se empanturrando de doces. Ela era realmente detestável. Irônica e fofoqueira, aproveitava qualquer oportunidade para destilar seu veneno. Quando passava na confeitaria para cumprimentar as tias, frequentemente ia até a cozinha para bater um papo com Mapy. Mais precisamente, ela falava, enquanto Mapy não via a hora que Alana fosse embora antes de jogar na cara dela a pergunta de praxe: "Nossa, mas você engordou?"

Mapy lutava sistematicamente contra a balança, para não falar do perigo das espinhas, enquanto Alana, que engolia doces até não poder mais, tinha uma pele de porcelana e nem um grama de gordura. Mas, visto que existe justiça, Alana tinha um nariz realmente feio, que nenhuma base ou corretivo podia esconder.

— Hoje é um dia daqueles... E você não sabe o que me aconteceu ontem — Mapy se queixou.

— Não, você que não sabe o que *me* aconteceu ontem. Eu tentei te ligar, mas o seu celular estava desligado.

— Estava sem bateria. Era o aniversário de casamento dos meus avós e voltei tarde por causa de um cara meio doido que...

— MAPY!!! — gritou Megan. — Fica quieta. Eu preciso te contar uma coisa muito importante.

— Tudo bem, tudo bem. Espera só um minuto que eu vou arrumar melhor o fone, aí posso continuar trabalhando. E torcer para que o novo aprendiz enviado pela agência de empregos chegue logo, senão vou ficar encrencada de verdade.

— Vai começar de novo ou vai me deixar falar? O que você tem hoje? Não para de falar um segundo.

— Tem razão. Desculpa. Pode falar.

Megan, que nas férias de verão estava trabalhando meio período em uma lavanderia, começou a falar de um jeito agitado, com a voz tremendo de emoção.

Depois do horário de funcionamento da lavanderia, ela tinha feito a contabilidade e já estava de saída quando ouviu baterem insistentemente no vidro da porta.

— Geralmente eu sou muito gentil com os clientes e deixo eles entrarem mesmo depois de fechar, mas eu estava sozinha e com um pouco de pressa. Eu ia ao cinema com o Jess White.

— Com o Jess? Desde quando? Então ele finalmente te convidou pra sair? — perguntou Mapy, espantada.

Jess White era um garoto tão tímido quanto bonitinho que, segundo Mapy, sempre foi apaixonado por Megan, mas talvez, por medo de ser rejeitado por uma das garotas mais bonitas da escola, nunca havia tentado nada, apesar de ser evidente que tinha uma queda por ela.

— Ele passou na lavanderia por acaso, perguntou se eu queria ir ao cinema e eu aceitei.

— Sim, claro, por acaso. Eu acho que ele te seguiu. E como ele perguntou? Deve ter ficado vermelho feito um pimentão.

— Realmente ele ficou vermelho... Mas eu não quero falar sobre o Jess. Você vai me deixar continuar?

— Ah, não é sobre ele que você quer falar? É sobre quem, então?

— Sobre o Niall! Pronto, falei.

Megan ficou em silêncio por alguns segundos, esperando uma reação entusiasmada da amiga.

— E quem é esse Niall agora? De onde ele saiu?

— Como, quem é Niall?

Havia um tom histérico na voz de Megan.

— Não precisa gritar. Eu entendi que ele se chama Niall. Mas eu não conheço nenhum Niall. Você tá falando sério?

— Como assim, não conhece nenhum Niall? Eu vivo falando dele.

— Megan? Sou eu, a Mapy. Sua suposta melhor amiga. Mas claro que não sou, já que não tenho a menor ideia do que você está falando. Quem é Niall?

— Você não entendeu mesmo? — Ela parecia atônita.

— Estou dizendo que não! Quem é Niall? — insistiu Mapy.

— Segura essa: Niall é Niall Horan — anunciou Megan, cheia de entusiasmo.

Silêncio.

— E daí?

— Como e daí? Mapy, você não ouviu nada do que eu falei nos últimos seis meses? — Megan parecia irritada.

— Você tem vida dupla ou o quê? De quem você está falando? Quem é esse Horam?

— Horan, Niall Horan — ela corrigiu. — *Aquele* Niall Horan!

Silêncio.

— MAPY! Niall Horan do ONE DIRECTION!!! — Megan finalmente disse, triunfante.

Silêncio.

Fazia alguns meses que Megan tinha uma fixação por essa banda de garotos. Especialmente por um deles, um loirinho muito bonitinho do qual Mapy tinha uma vaga lembrança. Ela nunca tinha encorajado a amiga em seus delírios e sempre se recusou a ver fotos, vídeos ou qualquer outra coisa que dissesse respeito aos cinco cantores ingleses que pareciam ser muito famosos.

Na verdade, Mapy nunca seguia a moda e nunca fora uma garota convencional. Enquanto todas as meninas faziam balé com tutu cor-de-rosa, ela escolhera artes marciais. As outras escutavam One Direction e Justin Bieber? Ela adorava música dos anos 80 e 90, das quais possuía um vastíssimo repertório graças a seus pais.

Mapy só fazia o que gostava: estudava japonês, frequentava um curso de corte e costura, que definia como dressing art, adorava arte, tintas e, principalmente, adorava fazer doces. Há décadas sua família era proprietária da mais famosa confeitaria da cidade e, sempre que tinha algum tempo livre, Mapy se jogava de cabeça em ovos, farinha e açúcar, procurando aprender a arte da confeitaria. Na verdade, ela ainda estava longe de se tornar profissional, mas estava no caminho certo.

— Alô? Mapy? Você entendeu? — perguntou Megan, atônita.

Silêncio.

— Mapy? Você está aí? O telefone está funcionando?

— O telefone está muito bem. O que não está funcionando é o seu cérebro. Megan, eu não tenho tempo a perder. Estou trabalhando, estou toda enrolada, e você me faz perder tempo com essas besteiras?

— Eu juro! É verdade. Escuta, não estou inventando nada. Ontem eu passei a noite com Niall Horan.

— Mas você não ia sair com o Jess? E, principalmente, dá pra parar de fantasiar? Isso não faz bem.

— Mapy!!! Escuta. Você tem que acreditar em mim. Não é fantasia. Eu estive com o Niall.

— Sim, claro! E eu saí pra jantar com o Robbie Williams — ela respondeu prontamente.

— Chega. Dá pra parar com a ironia? Dá pra me escutar de verdade só um pouquinho? — Megan parecia irritada e tinha novamente uma ponta de histeria na voz.

— Tudo bem, pode falar...

O tom de Mapy se tornou condescendente, mesmo que na verdade estivesse preocupada. O que Megan estava lhe dizendo era absurdo, mas, principalmente, não era típico dela: ela nunca mentia; Mapy a conhecia desde sempre e a amiga nunca tinha pirado daquele jeito. Ela devia ter pegado uma insolação ou estar tendo alucinações.

— Então, como eu estava dizendo: alguém bateu na vitrine, mas eu estava sem tempo e apareci justamente para dizer que a loja já tinha fechado. Do lado de fora estava um garoto não muito alto, magro, com uma calça bege de cintura baixa e uma camiseta branca, cabelos loiros despenteados e óculos de sol pretos. Ele sorria de um jeito irresistível e parecia tão desesperado que eu abri a porta. E além do mais ele era tão bonito! Ele entrou e me disse: "Obrigado, obrigado, desculpa, eu sei que está fechado, mas é uma emergência. Eu me meti numa encrenca e, se você não me ajudar, tenho certeza que vão me matar. No verdadeiro sentido da palavra". Achei engraçado o jeito que ele disse aquilo e notei que ele não tirava os óculos de sol, mesmo com as luzes da loja apagadas. Você precisa acreditar em mim, Mapy. Eu não percebi na hora quem era, mas tinha alguma coisa familiar nele, e eu não conseguia deixar de sorrir enquanto olhava para ele. E ele continuava falando, contando sobre uma brincadeira que tinha acabado mal, sobre roupas estragadas, tudo isso enquanto tirava coisas de uma sacola, mas eu não conseguia desviar os olhos dele. *Eu conheço esse cara, onde será que o vi, ele é bem bonitinho*, eu pensava, enquanto ele continuava falando. Mas eu nem estava mais escutando o que ele dizia. Eu juro, não consigo nem continuar que me dá vontade de chorar!

Megan estava com a voz trêmula, e sua emoção era real. Ela não conseguia mesmo falar. Mapy parou de trabalhar e começou a prestar atenção de verdade. Agora ela tinha certeza absoluta de que a amiga não estava mentindo.

— Você vai ter um treco. Respira fundo, fica calma e continua — ela falou.

— Se eu não tive um treco ontem à noite, não tenho nunca mais. Então... Ele continuava falando, só lembro de algumas palavras confusas, tipo "brincadeira", "sangue" e "suco de tomate", porque nesse meio-tempo meu cérebro entrou no piloto automático. Eu continuava sorrindo e concordando com a cabeça, acho que até ri de uma piada que ele fez, como se estivesse escutando, mas na verdade eu estava analisando cada centímetro da pele dele, cada detalhe, sem conseguir acreditar nos meus próprios olhos. Não era possível. Parecia absurdo. A mesma pele clara, a mesma espinhazinha no queixo que ele não consegue se livrar, o mesmo nariz, a mesma boca, o mesmo cabelo, o mesmo formato de rosto... tudo. Ele era idêntico ao Niall! Pensei em um sósia, em alguém que fosse incrivelmente parecido com ele e que tivesse feito o mesmo corte de cabelo. Tem gente que faz até plástica para parecer com o ídolo. Na minha cabeça, eu repetia sem parar: *É um sósia, é um sósia, é um sósia,* até que eu vi e, juro, parei de respirar. Você pode imitar o cabelo, o formato das sobrancelhas, o jeito de vestir e de caminhar, pode aumentar a boca, modificar as maçãs do rosto, mas não dá para fazer pintas crescerem onde você quiser. Ou você tem ou não tem. E ele tinha as mesmas três pintas no pescoço. Idênticas, na mesma posição. Como o Niall. Não era um sósia. Era ele! Era o Niall! Niall Horan em carne e osso estava bem ali na minha frente!

Megan fez uma pausa para recuperar o fôlego, depois continuou:

— Fiquei com medo, um medo enorme. Senti um aperto de emoção muito forte no estômago, enquanto meu coração disparou a mil... Mapy, eu comecei a tremer e o sorriso se apagou do meu rosto. Era como se eu estivesse hipnotizada. Eu precisava tirar os óculos dele de qualquer maneira. Ele ficou me olhando com curiosidade e parou de falar, enquanto eu dava um passo para frente e esticava a mão na direção do rosto dele. Então eu peguei os óculos de sol e tirei dele.

Silêncio.

Ainda silêncio.

Depois um soluço baixinho.

— Megan, Megan. Não chora, assim você me deixa preocupada.

— É que... estou muito... feliz... ainda parece... que estou sonhando...

— Eu entendo, mas agora fica calma... toma um pouco de água.

Mapy tentava tranquilizar a amiga, que, àquela altura, já tinha rompido as barreiras e chorava com gosto. A adrenalina acumulada nas horas anteriores estava transbordando de uma só vez.

Tudo parecia tão absurdo, mas Megan não poderia ter inventado uma coisa assim, não poderia simular uma emoção tão forte.

Era verdade. Inacreditável, mas verdade.

Mas o que um astro da música internacional fazia em Sun Place? A cidadezinha à beira-mar em que elas moravam era tranquila, acolhedora, organizada e limpa, mas não oferecia nada em comparação aos famosíssimos locais cheios de turistas abastados a apenas alguns quilômetros dali. Portanto era bem estranho que um cantor tão famoso estivesse na cidade. Ele devia estar ali incógnito, caso contrário o sr. Bredford, diretor do jornal local, o *Sun Place News*, teria alardeado a notícia aos quatro ventos na edição dominical e no blog que atualizava em tempo real. Aquele homem sabia tudo de todos. Estava sempre circulando, sempre apressado, com uma ridícula peruquinha na cabeça que mais parecia um animal morto, perscrutando, espiando, perguntando e se intrometendo em tudo. Não havia fato, acontecimento ou fofoca na cidade sobre o qual ele não estivesse informado e no qual não metesse o nariz. Seus artigos dominicais e seus posts no blog eram cheios de frases como "parece", "comenta-se", "circulam boatos", que nada mais eram que verdadeiras fofocas às quais ele dava forma. Em última análise, ele era um belo de um fofoqueiro e, para piorar, também era meio parente da Alana e das gêmeas Wiston — uma combinação explosiva... Era melhor abaixar o tom de voz.

— ... quando tirei os óculos dele não tive mais dúvidas. Era ele. Parado na minha frente estava Niall Horan, olhando para mim e sorrindo. Provavelmente ele esperava que eu pulasse em cima dele, que começasse a gritar, que arrancasse os cabelos e, acredite, Mapy, fiquei tentada a fazer tudo isso... Não sei o que me segurou. Era como se o meu cérebro tivesse se separado em duas partes, e uma dissesse: "É ele, é ele. Se joga em cima dele! Dá um beijo nele. Quando é que você vai ver ele de novo? Tira uma foto. Pede um autógrafo. Pega nele. Pula no pescoço dele. Tranca ele na lavanderia durante vinte e quatro horas amarrado na tábua de passar e faça o que quiser com ele", e a outra: "Fica calma. Respira. Você tem uma única chance. Não banca a idiota, a fã histérica. Ele vai fugir correndo. Vamos, fala com ele. Fala!" E assim, não sei graças a qual santo no céu, consegui me recuperar. Mapy! Meu coração batia superforte, eu fiquei com a boca seca, mas mesmo assim consegui falar de um jeito natural: "Você é o Niall do One Direction, não é?", e ele confirmou enquanto avaliava, acho, se eu era uma doida varrida que de uma hora para a outra ia atacar e fazer as mais absurdas exigências, ou se eu era uma garota comum, talvez um pouco surpresa de estar diante de uma pessoa famosa. De repente, minha mente se iluminou e tive um sobressalto, como quando a gente acorda rápido de um sonho. "Então, qual é o problema?", eu perguntei de um jeito profissional, pegando as jaquetas das mãos dele e colocando em cima do balcão. Ele deu um suspiro de alívio e só algumas horas depois me confessou que, por um instante, pensou estar diante de uma fanática daquelas que o perseguem.

— Megan, mas você tem certeza? Era ele mesmo? Será que não era um sósia tirando onda com você?

— Não! Era ele! Era ele mesmo! Tinha até a mesma correntinha com um trevo que ele sempre usa, e a voz era dele! Vi todos os vídeos do YouTube e reconheço a voz dele. Pode acreditar em mim. Era ele.

— Eu acredito, acredito sim, mas estou chocada. É realmente incrível... E o que ele está fazendo em Sun Place?

— Ele está aqui com a banda, não exatamente na cidade, mas numa mansão particular perto das colinas, um daqueles palacetes de milionários. Ele me contou que a banda estava em Londres para terminar as gravações do novo álbum, mas que tinha ficado impossível entrar e sair do estúdio por causa dos milhares de fãs acampados na frente do prédio. Então o produtor deles encontrou essa mansão incrível, com um belo estúdio de gravação, e eles se mudaram para lá. Eles estão lá escondidos faz mais de um mês, apesar de a casa ser muito grande, ter um jardim imenso com piscina, estrebaria e quadra de tênis.

— Mas ele te levou lá? Você conheceu os outros também?

— Não. Ficamos na lavanderia até tarde.

— Como assim, na lavanderia? Fazendo o quê?

Silêncio.

— Megan?

Soluços.

— Megan? Para de chorar.

— É que eu estou tão feliz! Foi o dia mais incrível da minha vida.

— Eu sei, eu sei, você já disse isso pelo menos umas dez vezes. E aí?

— Enfim, eu perguntei o que ele queria e ele me mostrou três jaquetas brancas manchadas de vermelho. Parecia mesmo sangue, mas na verdade era molho de tomate. Ele tinha feito uma brincadeira com os amigos. Queria fazer com que acreditassem que um doido surtado tinha se enfiado na mansão e o machucado, por isso ele tinha manchado algumas roupas do figurino que usaria na próxima semana para gravar um vídeo. Só que, logo depois, o produtor avisou que as gravações desse vídeo tinham sido antecipadas para domingo de manhã, ou seja, amanhã, e daí ele percebeu que não teria tempo de mandar lavar as roupas, já que as lavanderias fecham no sábado de manhã. Então ele colocou tudo numa sacola e saiu correndo, procurando alguém que pudesse resolver o problema dele...

— ... e encontrou você...

— Siiimm.

— E daí, o que aconteceu? — Mapy pressionou, bastante curiosa.

— Ele me disse que eu precisava ajudá-lo de qualquer jeito e que ele me seria grato para sempre. Então eu disse que, se ele quisesse, eu podia lavar as jaquetas imediatamente e devolver como novas em duas horas.

— E ele?

— Ele me deu um abraço e começou a me agradecer e a me apertar. "Obrigado, obrigado, você é a minha salvadora, pode me pedir o que quiser", ele repetia, tanto que me deu vontade de dizer: "Casa comigo agora!", mas eu só disse: "Pelo menos me paga uma pizza. Assim podemos comer alguma coisa enquanto as jaquetas estão na máquina".

— Fantástico! Você foi ótima.

Megan era como um rio transbordante de felicidade, e o entusiasmo emanava de cada palavra que ela dizia.

Eles jantaram pizza com Coca-Cola, sentados no chão atrás do balcão da lavanderia, num cantinho que Niall tinha preparado com algumas cobertas e almofadas enquanto ela providenciava a lavagem das jaquetas, obviamente escolhendo o ciclo mais longo.

— Foi maravilhoso. A gente passou pelo menos duas horas lá, no chão, rindo e brincando. Ele me falou um pouco sobre a banda, sobre a vida dele e sobre como ela mudou, sobre o irmão dele, a família, a escola... e daí me fez um monte de perguntas. A primeira foi: "Você tem namorado?"

Quando um garoto pergunta se você tem namorado é um ótimo sinal, até as pedras sabem disso, pensou Mapy.

— Mas foi mesmo a primeira coisa que ele te perguntou?

— Siiimm. Logo que sentamos no chão. E não foi só isso. Teve um momento, e já tinham se passado pelo menos duas horas, que ele me disse: "Mas como é possível que você não tenha namorado? Você é tão linda". Eu quase morri! Fiquei vermelha como um pimentão e respondi: "Obrigada, você também é uma gracinha", e fiquei mais vermelha ainda.

— Megan, vamos direto ao que interessa: vocês se beijaram? — perguntou Mapy, ansiosa para saber e arrancando uma risada da amiga.

— Espera, me deixa terminar! Onde eu parei? Ah, lembrei. As jaquetas ficaram prontas e eu precisava passar. Fui até a tábua de passar e ele me seguiu. Então parou na minha frente e ficou me olhando sem dizer nada. Meu coração começou a bater que nem louco e acho que fiquei vermelha de novo. Ele se aproximou, tirou o ferro da minha mão e me fez virar.

Silêncio.

— ... e daí?

— Ele me beijou.

— UAU! Grande Niall!

— Foi fantástico, fabuloso, maravilhoso, incrível. Todos os meus sonhos estavam se tornando realidade e não parecia verdade. Fiquei imóvel, paralisada pela emoção, sem conseguir dizer uma só palavra. Ele se afastou por um instante e disse: "Gostei de você", e continuou me beijando suavemente. Achei que eu ia desmaiar. Depois de um tempo, o ferro soltou uma baforada de vapor que fez a gente despertar como se fosse de um sonho. Olhamos um para o outro e começamos a rir. Ele estava tão emocionado quanto eu, tenho certeza, eu via isso nos olhos dele.

Megan acabou de passar as jaquetas e fechou tudo para irem embora. Na porta da loja, ela entregou as jaquetas a Niall. Ele olhou para ela no escuro e a beijou de novo, enquanto ela o abraçava pela primeira vez.

— Ficamos pelo menos mais dez minutos trocando beijos na frente da loja e depois ele me levou para casa. Antes de eu descer do carro, ele me disse: "Se você quiser, podemos sair juntos qualquer noite dessas". Ah! Preciso pensar... não sei... tenho tantos compromissos...

— Você não respondeu assim pra ele, né?

— É óbvio que não! Eu disse: "Claro" e dei o número do meu telefone para ele. Depois eu desci, mas não dei nem dois passos e ele me alcançou. "Não sei nem o seu nome", ele me disse de um jeito divertido. "Megan, prazer", eu respondi, sorrindo e apertando a mão dele. "Foi uma honra passar a noite com a senhorita, espero que aceite sair comigo... Quem sabe amanhã à noite?" Eu estava muito feliz e simplesmente concordei com a cabeça, porque não conseguia falar. Depois me virei e fui embora. "Venho te pegar às oito", ele gritou para mim, entrou no carro e foi embora. E foi isso.

Silêncio.

Então Megan e Mapy começaram a gritar.

— Ahhhhhhhhh! Estou tão feliz por você. Muito feliz!

— Uhuuu! Preciso gritar, senão vou explodir!

— Estou superfeliz por você, Megan, de verdade. E o que você vai usar hoje à noite?

— Não sei. Preciso ir de qualquer jeito ao cabeleireiro.

Elas falaram mais dez minutos sobre Niall, depois Megan lhe perguntou como tinha sido a festa dos avós.

— Cheguei mega-atrasada por causa de um maluco que brigou comigo e me fez perder um tempão... Mas depois eu conto, agora não posso, estou cheia de coisas pra fazer.

— Eu iria até aí te ajudar, mas...

— Nem brinca. Vá no cabeleireiro e fique linda. Hoje à noite você tem que estar FABULOSA. O Niall precisa ficar de queixo caído. Depois a gente se fala.

— Mapy, olha lá, hein? Não conta pra ninguém, nem pro Hugo — disse Megan, preocupada.

— Relaxa, sou um túmulo.

Niall Horan... One Direction... Megan estava vivendo um verdadeiro sonho, Mapy pensou, sacudindo a cabeça. Ela desejou que tudo aquilo durasse o maior tempo possível e que, acima de tudo, aquele garoto não machucasse o coração de sua amiga.

Então voltou a trabalhar para recuperar o tempo perdido, e não só ao telefone. Desde o dia anterior as coisas iam mal: primeiro a alergia a ovos do aprendiz, depois o tio ocupado que tinha levado consigo Mark, o outro funcionário, sua mãe que estava fora, viajando, e por fim a cereja do bolo: o encontro daquela tarde que ainda a fazia ferver de raiva só de pensar.

* * *

O dia anterior tinha sido frenético. Mapy havia trabalhado desde cedo, sem parar um minuto sequer.

Às cinco da tarde, decidiu dar um tempo e se refugiar numa pequena praia um pouco afastada. Estava realmente cansada e queria relaxar e ficar sozinha. Precisava de algumas horas de mar e sol; então, logo depois do entardecer, ela voltaria para casa para tomar uma ducha e se preparar para a festa de seus avós. O horário estava apertado, já que devia estar no restaurante às oito, mas ela chegaria a tempo. Mapy não podia abrir mão do pôr do sol. Ela adorava aquele momento, quando o céu se tinge de vermelho e a água parece um caldo dourado. Ela e Megan sonhavam muitas vezes com um encontro romântico naquele cenário, com um príncipe encantado que apareceria magicamente diante delas e por quem se apaixonariam imediatamente. Na verdade, Mapy brincava com isso, achava que era um clichê piegas e óbvio, mas gostava de escutar as histórias açucaradas da amiga, que imaginava essas cenas em câmera lenta, com cachorros abanando o rabo, roupas esvoaçantes, cabelos ao vento e garotos musculosos aparecendo do nada e indo, sorridentes, ao encontro delas. A cena era narrada em centenas de versões diferentes, e Mapy também se divertia contando a sua...

Pôr do sol espetacular, mar agitado, ela passeando na praia com um vestido longo, todo branco e feito por ela mesma, os longos cabelos negros soltos sobre os ombros, o indefectível cachorro em volta dela, os fones nos ouvidos enquanto escutava "Baba O'Riley", o olhar levemente melancólico perdido no horizonte, as ondas quebrando a seus pés e a espuma branca molhando a barra do vestido. De longe vislumbra uma figura, primeiro indistinta e desfocada, depois cada vez mais nítida. Mapy fica parada, olhando em êxtase: é um garoto alto, vestindo calças brancas com a barra dobrada, camisa branca de linho desabotoada, os cabelos castanho-claros ligeiramente longos e olhos verdes lindíssimos, que se percebem de longe. É realmente um cara lindo, e ele também está brincando com um cachorro que abana o rabo, até que também a vê. De repente, ele começa a andar devagar e olha para ela insistentemente, fascinado por sua pele aveludada cor de âmbar, pelos cabelos longos e negros que o vento desarruma, liberando um leve aroma de sândalo e canela, por seu rosto em forma de coração, com a testa alta e as maçãs do rosto elegantes, pelos lábios carnudos e vermelhos e, principalmente, por seus grandes olhos negros levemente amendoados. O desconhecido se aproxima lentamente e a olha com uma expressão de admiração, como se tivesse recebido o presente mais bonito do mundo. Mapy percebe que os olhos dele são realmente incríveis e que ele também tem lindos lábios; mas ela fica sem fôlego quando o desconhecido sorri, mostrando não apenas duas fileiras de dentes perfeitos e branquíssimos, mas, principalmente, duas adoráveis covinhas nas bochechas que fazem com que ela se apaixone imediata e definitivamente.

A essa altura, Mapy inseria na história alguma coisa que fazia a amiga morrer de rir, tipo: "Ela dá um passo na direção dele, tropeça e se esborracha no chão", ou então atribuía ao desconhecido uma vozinha estridente e aguda, ou fazia um dos dois fazer algo tremendamente constrangedor e ridículo.

Era apenas um sonho acordado. Ela sabia bem que dificilmente encontraria o namorado ideal, menos ainda numa praia deserta, ao pôr do sol.

Sentada na areia, Mapy percebeu que era tarde, mas queria ver a última pontinha do sol sumindo no horizonte, enquanto, nos fones de ouvido, tocava sua canção preferida a todo volume. A praia já estava deserta, os últimos frequentadores, dois senhores de meia-idade que moravam perto da casa dela, já tinham ido embora fazia algum tempo. Além do mais, aquela praia era desconhecida da maioria das pessoas e só se chegava ali por uma trilha meio escondida da rua principal. Ela já tinha recolhido suas coisas e colocado a saída de praia curta e branca, feita de uma delicada malha de algodão, que ela mesma tinha costurado. Enquanto olhava o mar, notou, de relance, alguém chegando pela trilha. Ela se virou curiosa e viu um garoto alto e moreno que caminhava com passos decididos na direção dela. Parecia que ele estava dizendo alguma coisa, mas a música alta nos ouvidos não a deixava escutar nada. Justamente naquele instante começou a tocar "Save a Prayer", do Duran Duran, uma música muito romântica, e na mesma hora Mapy se lembrou de todos os sonhos que tinha imaginado ao lado de Megan. Não estava acontecendo de verdade! Não era possível! No entanto, os detalhes estavam todos lá: o pôr do sol, o mar levemente agitado, a música de fundo, a brisa desarrumando seus cabelos, até mesmo a saída de praia branca. Ela sorriu instintivamente, olhando com mais atenção o garoto que vinha ao seu encontro. Seria possível que era ela mesma o centro da atenção dele? Ela se virou um pouquinho para ter certeza de que não havia mais ninguém na praia, mas estava tudo deserto.

Ele era alto e esbelto, tinha um belo porte físico, cabelos escuros e curtos, com um topete um pouco mais longo que, provavelmente por causa do sal, parecia uma crista. Estava muito bronzeado, tinha sobrancelhas escuras e largas e a barba por fazer. Usava bermuda jeans e camisa xadrez de mangas curtas. Mapy também notou que no antebraço direito havia uma tatuagem muito colorida, que parecia de história em quadrinhos, mas ela não conseguiu distinguir exatamente. Era uma palavra do tipo zapa, zepa, zupa e um grande ponto de exclamação. Depois ela notou outra tatuagem na perna esquerda, que representava um lobo. Em seus sonhos, o príncipe encantado não tinha tatuagens e sorria docemente enquanto caminhava em sua direção. Mas esse cara não estava sorrindo de jeito nenhum, e continuava falando e gesticulando de modo vagamente ameaçador.

Mapy não conseguia ver seus olhos, porque ele usava óculos de sol de armação grande e roxa. Quando chegou diante dela, ele os tirou com um gesto ríspido e revelou olhos escuros, com cílios muito longos. Era bem bonitinho, mas ela não registrou o fato. Ficou olhando para ele com a música a todo volume nos ouvidos, enquanto ele continuava falando e gesticulando em direção à rua. Parecia irritado com ela, mas Mapy nunca o tinha visto. De repente, ele parou. Tinha uma expressão de desapontamento e inclinou a cabeça para o lado.

— Você pode me responder? — ele gritou. Mapy tinha entendido as palavras pelo movimento dos lábios. Quando o garoto se deu conta de que ela não podia ouvi-lo por causa dos fones, arrancou um deles do ouvido dela com um gesto fulminante que a desnorteou.

Houve um instante de silêncio.

Ele tinha uma expressão desafiadora no rosto, e ela sentiu uma raiva incontrolável crescendo dentro de si.

— Ei! Mas como você ousa? — berrou Mapy, ficando vermelha.

— Aquele carro na praça ali em cima é seu? — ele perguntou, gritando ainda mais alto que ela. — Estou esperando há quase uma hora!

Ele estava decididamente bravo.

Mapy estava abismada. Mas o que ele queria dela? Quem era ele?

— Você está maluco? Eu vou embora — ela disse e se virou abruptamente, pegando a bolsa e se dirigindo para a trilha.

Ele a seguiu, ainda gritando com ela, praticamente em seu ouvido.

— Você pode me responder? O carro é seu?

Aquilo já era demais. Mapy parou de repente e o enfrentou corajosamente.

— Mas o que você quer? Que educação é essa?

— Eu só queria que você me respondesse — ele disse, irritado.

Mas que arrogante, idiota e mal-educado.

— De que caverna você saiu? Você acha que é assim que se fala com uma garota? Você é um grosso!

Ela se virou para ir embora, mas ele a segurou pelo braço, sorrindo de um jeito fingido e forçado.

— Desculpe, senhorita, ou quem sabe quer que eu lhe faça uma reverência? Porque parece que a senhorita faz parte da família real. Eu só queria te perguntar uma coisa, se tiver a gentileza e a bondade de me responder: AQUELE CARRO É SEU? SIM OU NÃO?

— Ei! Me larga! Como você se atreve? Você é mesmo um cavalo! Me deixa em paz.

Mapy soltou o braço e continuou andando altivamente. O garoto não parou de segui-la e de atacá-la. Eles chegaram até a pequena praça ao lado da rua principal, onde Mapy tinha estacionado seu minicarro.

Ele parou na frente dela, cruzou os braços e lhe lançou um olhar atrevido.

— Então, essa carroça é sua? Sim ou não?

Mapy sustentou o olhar.

— Sim, e daí?

— Eu sabia que era sua! — ele gritou. — Só podia ser de uma mulher. Isso é jeito de estacionar? — perguntou agressivamente.

— Ei! Olha só o que eu sou obrigada a ouvir! Você é mesmo um bronco. Eu estaciono onde eu quiser, e não é você quem vai me dar aulas de direção. Você não passa de um pirralho convencido. Quem você acha que é? Já se olhou no espelho? Vai cortar esse cabelo — Mapy o hostilizou, furiosa.

— Sua carta de motorista devia ser suspensa! Você é um perigo público — ele retrucou, no mesmo tom.

— Eu não tenho carta.

— Dá pra ver! — ele rebateu, irônico.

— Cretino. Tenho dezesseis anos e o carro tem cinquenta cilindradas. Não preciso de carta, mas é claro que você, um troglodita que vive na era das cavernas e que ignora o básico da civilidade, não sabe disso — ela disse, com indisfarçável presunção.

— Senhorita "civilidade avançada", no seu mundo cor-de-rosa e educado, o que se diz de uma pessoa que estaciona em qualquer lugar, bloqueando a passagem? Hein? Sua gênia! Você me bloqueou com seu carro! Faz uma hora que estou buzinando pra você tirar essa carroça do caminho, mas você estava ocupada bancando a diva de Hollywood na praia. Acorda! Nem todo mundo tem tempo a perder — ele respondeu, no início com uma calma forçada, depois com um tom cada vez mais inflamado e polêmico, até gritar novamente com ela.

— Mas olha que cara de pau! Como você é arrogante e metido. O que você sabe sobre mim? Eu não te dei confiança. Além disso, não vi nenhuma placa de proibido estacionar, e parece que aqui não tem nenhuma garagem nem nada parecido.

— Ah... pois é... então... E a rua, você não viu? Não passou pela sua cabeça que talvez alguém pudesse passar por aqui de carro e que o seu pudesse impedir a passagem? Mas provavelmente você estava ocupada demais escolhendo o esmalte — ele respondeu, lançando um olhar de desprezo para as unhas verde-limão de Megan.

— Olha só quem fala! Santo do pau oco! E esse rabisco horrível que você tem no braço? O que tem na cabeça uma pessoa que tatua a palavra *zapa* na pele?

O garoto era mesmo odioso, e ela teria dado umas bofetadas nele com prazer.

— Você precisa ir urgente ao oculista — ele disse, com um falso ar de preocupação. — Primeiro você disse que não viu a rua, agora mostra que também não sabe ler. A senhorita "sabe-tudo" não consegue diferenciar zap de zapa! Que ridícula!

— Vai pro inferno! — respondeu Mapy, perdendo a paciência. — Não vou mais perder tempo com um grosseirão retrógrado, bronco e ignorante como você. E agora sai do meu caminho que eu quero entrar no meu carro. Assim você pode andar por aí com o seu carro de luxo, bancando o gostosão.

E, ao dizer isso, ela lhe lançou um último olhar de desprezo e se enfiou em seu minicarro, enquanto o garoto entrava no dele, um grande conversível esportivo que estava, de fato, com a passagem obstruída.

Só para provocar, Mapy fez tudo bem devagar. Primeiro procurou o celular na bolsa, depois o fone, em seguida ajeitou o aparelho direitinho, como se fosse telefonar, e, por fim, fingiu que não conseguia prender o cinto de segurança. Toda uma sequência de pequenos gestos cuja única finalidade era perder tempo e irritar ainda mais o desconhecido. Mas a reação dele não demorou. Ele ligou o carro e acelerou tanto que as rodas giraram e levantaram poeira.

Mapy se virou e o olhou nos olhos. Ele continuou acelerando, tamborilando os dedos na direção e sustentando o olhar dela.

Eles ficaram se encarando com hostilidade por alguns segundos, depois ela mostrou a língua para ele e foi embora, afastando-se rapidamente. Então ela ouviu o ronco do carro do desconhecido que, com uma manobra repentina, acelerou bruscamente e a ultrapassou, correndo a toda velocidade pela rua principal. Mapy gritou mais um insulto para ele e foi para casa.

* * *

O sol estava alto no céu, e Harry começava a sentir calor. Ele tinha o dia livre e queria comprar umas camisetas e alguns CDs, então foi para aquela cidadezinha não muito distante da mansão, evitando os centros turísticos mais agitados. Com um ar indiferente, examinava tudo à sua volta, atento para não ser notado. Afinal, ele esperava que o jeans e a camiseta branca comum, os óculos escuros e o boné de beisebol o fizessem passar despercebido. Em Londres, nem sempre isso funcionava, e alguma garota acabava reconhecendo-o, geralmente de um jeito escandaloso, chamando a atenção das pessoas. A cena terminava com ele fugindo e hordas de garotas gritando, correndo atrás dele e chorando.

No início, ele não conseguia entender por que elas choravam.

E principalmente por que gritavam.

Ele não era surdo.

Ficava sempre impressionado diante da reação das garotas quando o reconheciam: primeiro um olhar tímido mas insistente, depois a boca se abria, com uma expressão de espanto nos olhos. Em seguida esse espanto se transformava em algo mais próximo da loucura e, da boca aberta já há alguns segundos, começava a sair um som, a princípio estrangulado, depois cada vez mais nítido e agudo, que se transformava em um berro que dizia mais ou menos assim: "Você é o Harry? Ai, meu Deus. Ai, meu Deus. Ai, meu Deus!"

Depois mais nada. Uma repentina e aparentemente irreversível perda da fala. Então elas balbuciavam algumas palavras, mesmo que de modo incoerente e confuso, coisas do tipo: "Não acredito! Eu te amo! Vou morrer!", e sempre o costumeiro: "Ai, meu Deus! Ai, meu Deus!", alternado com "Nossa senhora". Depois dessa primeira fase de espanto, vinha a de tremor, associada a um enrubescimento difuso e, em seguida, pontuais como o chá das cinco no Palácio de Buckingham, as lágrimas. Copiosas e incessantes.

Por último, o instinto final, o do polvo: elas estendiam as mãos trêmulas para tocá-lo, como para verificar se ele era real e não um holograma. Começavam primeiro tocando-o de leve, depois o abraçavam e, por fim, literalmente se agarravam nele, com um gesto que mais parecia uma tentativa de sequestro do que um abraço afetuoso. O problema é que, se isso acontecia com apenas uma garota, ou até duas ou três, Harry conseguia sair ileso, mas, quando as fãs enlouquecidas eram dezenas e mais dezenas, era um verdadeiro pesadelo. E assim, lentamente, assédio após assédio, ele fora obrigado a levar uma vida mais protegida e a dizer adeus à normalidade. Para sair, tinha de se esconder atrás de óculos, bonés, echarpes, às vezes até peruca, bigode e barba postiços, e mesmo assim ficava sempre muito atento.

Sua vida, como a dos outros membros da banda, não era mais a mesma. Nunca, nem em seus sonhos mais loucos, Harry tinha imaginado o sucesso estrondoso que alcançaria ao participar do programa *The X Factor*.

O One Direction tinha vendido milhões de discos, a imagem deles estava em todos os lugares, a banda tinha inúmeros fãs espalhados pelo mundo todo e havia até bonecos imitando o rosto dos rapazes. *Quem diria que eu me tornaria o namoradinho da Barbie?*, pensou Harry. O preço a pagar era a renúncia definitiva e inexorável a uma vida normal, mas eles estavam muito felizes e dispostos a qualquer coisa para que o sucesso perdurasse o maior tempo possível.

Não era tudo um mar de rosas, obviamente havia momentos de profundo cansaço, estresse e vontade de sair sem ter o pesadelo de ser literalmente assediado. No entanto, qualquer pensamento negativo se anulava quando eles subiam no palco e sentiam o público delirar por causa deles. Era uma sensação impagável, que lhes dava um banho de adrenalina e sempre impelia Harry a dar o máximo para seus fãs.

Com o tempo, ele entendera que para andar por aí, tranquilo, bastava se camuflar o suficiente para se confundir com a multidão e agir do jeito mais natural possível. Quando não queria ser reconhecido, ele vestia roupas de cores neutras, compradas em lojas de departamentos, usava óculos de grau falsos ou de sol com armações enormes e boné, e caminhava lenta e desenvoltamente, procurando não dar na vista, justamente como naquela manhã.

Algumas semanas atrás, ele havia se mudado com toda a banda para uma mansão nos arredores de Sun Place para terminar as gravações do último disco, que sairia em setembro. Naquele momento, eles já tinham quase terminado os trabalhos, restavam apenas alguns detalhes, e lhes sobrava muito mais tempo livre, comparado às semanas anteriores, quando ficaram trancados no estúdio de gravação durante dias inteiros. No período que passaram ali, saíram pouquíssimo e, principalmente, nunca juntos, porque chamaria muita atenção. A relação entre eles era de verdadeira amizade, e eles haviam conseguido ajustar os respectivos temperamentos em um equilíbrio perfeito, que permitia que convivessem durante longas temporadas, mesmo em condições de profundo estresse, sem problemas no grupo. Não tinha sido fácil, mas o objetivo comum e a maturidade com a qual encaravam o trabalho tinham feito o resto. E, além disso, eles sabiam que eram pessoas de muita sorte, por terem realizado o sonho de se tornar cantores e agora verdadeiros pop stars, famosíssimos em todo o mundo.

Harry era muito ligado a Louis, que considerava seu melhor amigo, mas se dava bem com todos e adorava Niall, que todos os dias os fazia morrer de rir com suas brincadeiras.

Na noite anterior, Niall havia saído repentinamente. No início eles pensaram que era uma brincadeira, como sempre, mas depois, vendo que ele não voltava, ficaram preocupados. Durante algum tempo ele não tinha nem atendido o celular, e só depois da enésima ligação mandou uma mensagem pelo WhatsApp, dizendo que estava com uma garota e que voltaria tarde. Sabe-se lá o que estava aprontando. Onde ele tinha encontrado essa garota? Naqueles dias todos tinham saído pouco e nunca por tempo suficiente para poder conhecer alguém, portanto o que ele realmente tinha feito permanecia um mistério. Harry,

Liam e Zayn levantaram as hipóteses mais absurdas sobre como Niall teria passado a noite.

Harry estava perdido nesses pensamentos quando um alarme soou de repente em sua cabeça. Ele continuou caminhando tranquilamente, tentando entender de onde vinha aquela sensação de estar sendo observado com insistência. Ele tinha desenvolvido um sexto sentido e dificilmente se enganava. Olhou em volta e percebeu, por trás das lentes escuras, de onde vinham os olhares.

Havia duas garotas diante da floricultura do outro lado da rua. Elas olhavam para ele sorrindo, enquanto um homem baixo e um pouco acima do peso, com uma peruca ridícula, escutava as duas, escondido. Era evidente que o homem não estava com elas, mas também era evidente que as estava escutando. As duas garotas começaram a rir baixinho quando perceberam que tinham sido notadas. O alarme em sua cabeça soou ainda mais forte; talvez elas estivessem rindo porque tinham simplesmente notado um garoto bonito, não o cantor famoso, mas, de qualquer modo, era melhor evitar os olhares insistentes das duas.

Ele se enfiou na primeira travessa, mas, pelo reflexo de uma vitrine, viu que as garotas se moviam em sua direção: parecia que elas o estavam seguindo, e ele se sentiu incomodado. Precisava sumir rapidamente e, antes que o vissem, escapou por outra ruazinha. Notou alguns pátios muito arrumados com portas de serviço, e duas delas estavam abertas. Quando ouviu as risadinhas das meninas ao dobrar a esquina, instintivamente se enfiou em uma das portas abertas.

Com a esperança de não ter caído justamente na boca do lobo...

* * *

Apesar do ar-condicionado no máximo, dentro da cozinha fazia calor por causa dos fornos acesos. Mapy tinha prendido os cabelos com um lápis e, para mantê-los para trás, tinha colocado uma faixa amarelo-limão que combinava com os shorts e a camiseta colorida sem mangas.

Estava cheia de trabalho, por isso tinha anotado em vários post-its as coisas que precisava fazer, organizando-os em ordem de prioridade. Com o fone no ouvido, já que as mãos estavam ocupadas, falava com Hugo, seu melhor amigo. Ela queria contar para ele sobre Megan e Niall, mas não podia. A questão era muito delicada e de qualquer modo não era da sua conta. Mas não resistiu a contar sobre o encontro explosivo do dia anterior.

— Mas você nunca tinha visto esse cara?

— É claro que não. E espero não ver nunca mais. Deve ser um daqueles filhinhos de papai que só porque têm uma conta gorda no banco acham que são grande coisa.

— Que carro ele tinha? Quem sabe eu já não vi no lava-rápido.

Hugo trabalhava meio período em um lava-rápido e era um apaixonado por carros, ao contrário de Mapy, que não diferenciava um utilitário de um sedã.

— Sei lá eu! Era um carro preto, grande e conversível.

— Entendi, mas era um BMW? Um Porsche? Um Audi?

— Hugo! Não sei e não me interessa. Fim de papo.

— Tudo bem, tudo bem... Você falou com a Megan? Desde ontem estou ligando para ela, mas não consigo falar. Queria saber como foi com o Jess.

— Sim, falei com ela hoje de manhã, mas só um pouquinho, porque estou atolada de trabalho.

Ela precisava mudar de assunto.

— Você nem imagina tudo o que eu ainda preciso fazer — acrescentou com ar de quem estava desesperada. E estava mesmo.

— Aposto que você encheu a parede de post-its, não é?

— Verdade. — Mapy sorriu. Seus amigos a conheciam bem.

— O substituto do substituto ainda não chegou?

— Que nada. Desde ontem estou esperando. E é quase uma hora, até já perdi as esperanças. Espera, espera.

Pela porta de serviço da cozinha entrou um garoto de boné e óculos escuros. Vestia jeans e uma camiseta barata. Ali estava ele! Finalmente a ajuda.

— Hugo, ele chegou! Te ligo depois.

Mapy desligou o telefone e tirou o fone de ouvido, indo ao encontro do garoto com um sorriso de orelha a orelha: era preciso uma recepção excelente. Ele precisava assinar o contrato de qualquer jeito.

— Oi. Finalmente. Eu estava te esperando ontem, mas entendo que é férias e você deve ter bons motivos para não ter vindo antes. Vem, entra.

O garoto tirou o boné e parecia um pouco deslocado. Talvez fosse estrangeiro e falasse pouco sua língua.

— Mas você entender eu? Não é? — Mapy falou lentamente, como se ele fosse uma criança.

Ele concordou, mas continuou parado.

— Bom. Você não ter medo, trabalho não difícil. Nós fazer contrato você e dar dinheiro como por lei. Você ter autorização de residência?

Ele devia ser ucraniano ou de algum país do Leste. As cores eram típicas: pele clara e cabelos castanhos, um jeito um pouco desleixado.

Mapy se aproximou e o pegou pelo cotovelo, levando-o para uma mesinha no fundo da cozinha e explicando os termos do contrato.

— ... então você assinar aqui, assim começamos logo, porque nós ter muito trabalho e muito pouco tempo.

O garoto hesitava e olhava em volta, e Mapy começou a temer que ele pudesse recusar.

Ela precisava convencê-lo de qualquer maneira.

— Você escutar eu. Se você ficar, eu falar com chefe para dar aumento a você.

O garoto tirou os óculos e olhou em volta.

— Mas... vocês fazem doces? — ele perguntou, perplexo.

Mas quem é esse que me mandaram da agência? Esse aí não sabe nem que trabalho veio fazer! Estou ferrada! Mas preciso de ajuda e vou ter que aceitar de qualquer jeito.

— Você fala a minha língua! Que bom! — ela disse sorrindo.

Vou ter uma paralisia se continuar sorrindo desse jeito.

— Na verdade eu sou inglês, de Cheshire.

— Desculpa. Não quis te ofender, mas achei que você estava um pouco deslocado e pensei que fosse estrangeiro. Nós tivemos muitos temporários estrangeiros.

— Ah...

— E então? Gostou da cozinha? Vem cá, vamos dar uma olhada.

Ele seguiu Mapy enquanto ela mostrava todos os lugares críticos.

— Essas são as mesas de trabalho, ali estão os fornos, os fogões, os resfriadores rápidos, ali estão as batedeiras e aqui a despensa com a câmara frigorífica. E lá ficam as geladeiras onde guardamos os produtos finalizados.

O garoto continuava mudo, olhando em volta e a examinando. Mapy sentiu que ele estava começando a querer ir embora, e ela não podia deixar isso acontecer em hipótese alguma.

Ela o fitou bem nos olhos com uma expressão muito séria e tentou outra tática.

— E então? Você aceita?

— Eu nunca trabalhei numa confeitaria... Há alguns anos trabalhei em uma padaria, mas não acho que seja a mesma coisa.

Preciso lembrar de dizer para aqueles idiotas da agência que, quando pedimos "com experiência", tem que ser no setor! O que eu vou fazer com um padeiro?

— Não. É diferente... exceto pela farinha.

O garoto sorriu da piadinha, e Mapy continuou em um tom muito sério:

— Eu preciso de ajuda aqui. Estou praticamente sozinha até o fim da próxima semana e não importa se você não sabe fazer nada. Por enquanto vou te ensinar o básico, depois a gente vê o que faz. Mas pelo menos me ajuda nesses dias... Você é minha última esperança...

Ela tinha decidido contar a verdade. Era melhor dizer em que pé estavam as coisas.

Ele olhou em volta e depois para ela. Mapy enrubesceu um pouco: ele era bem bonito, tinha uns olhos verdes maravilhosos.

— Vou ser sincero com você: tenho outro trabalho, não consigo chegar aqui antes das oito, oito e meia, e não posso ficar o dia inteiro...

De manhã eu consigo me organizar, mas na parte da tarde você vai ter que se virar.

— Tá, tudo bem.

Mapy preferia que ele ficasse pelo menos até as cinco, mas era melhor que nada.

— E também não sei se vou poder ficar durante todo o mês, mas prometo que até a próxima semana posso te dar uma mão, depois não sei.

— Obrigada, obrigada mesmo.

Mapy deu um suspiro de alívio e sorriu para o garoto, que correspondeu revelando duas adoráveis covinhas nas bochechas.

Na cabeça dela ecoou um som agudo.

Atenção! Atenção! Possível paixonite se aproximando. Atenção, garoto muito bonito no seu raio de ação. Aja com cautela.

— Mas por que você está sozinha? — ele perguntou.

— A confeitaria é da minha família, mas minha mãe está em Londres a trabalho, meu tio também está ocupado com alguns eventos importantes fora da cidade, por isso ele vai vir bem cedo e depois só volta às cinco ou seis da tarde. Um dos dois funcionários está com ele, o outro está doente, e é esse que você teria que substituir. Não te disseram isso na agência?

— Não.

Preciso trocar de agência, ela pensou, exasperada.

Mapy pegou o contrato. Na folha já estava a assinatura do tio John, restava completar apenas a parte com o nome e os dados do garoto.

— Eu me chamo Mapy. Mapy Marple — ela disse, estendendo-lhe a mão e apresentando-se oficialmente.

Ele a apertou e respondeu sorrindo:

— Eu sou o Harry. Harry Styles.

* * *

— Ei, Harry, onde é que você se enfiou?

— Tive que fazer umas coisas...

— O quê? Você estava sumido desde hoje de manhã. Ficamos preocupados. O que está acontecendo com todo mundo?

Louis estava ficando irritado. Nos últimos dois dias, parecia que a brincadeira preferida de seus amigos era a de esconde-esconde. Primeiro foi Zayn, que saiu dizendo: "Vou dar um mergulho no mar, volto daqui a meia hora", mas voltou mais de duas horas depois, falando de estacionamento, de uma briga furiosa e sem explicar nada a ninguém. Depois foi Niall, que desapareceu uma noite inteira e voltou muitas horas depois com o olhar perdido e um sorriso estampado no rosto, repetindo apenas: "Estou apaixonado!"

Por quem? Sei lá!

Ele não falou nada de coerente ou compreensível, e passou a noite toda sorrindo e suspirando enquanto trocava mensagens com essa garota misteriosa, sobre a qual não quis contar nada.

Agora Harry também entrava nessa. Naquela manhã de sábado ele tinha saído para "dar uma volta" e não deu sinal de vida até o fim da tarde.

— Conheci uma garota.

— Garota? Que garota? Onde?

— Em Sun Place.

— E o que você estava fazendo em Sun Place?

— Estava dando uma volta pelas lojas, mas tinha duas garotas me seguindo e me enfiei por uma porta aberta. Daí ela achou que eu era um aprendiz...

— Harry! Para! Não entendi nada. Quem estava te seguindo? Que porta é essa? Aprendiz? Aprendiz de quê? — Louis estava cada vez mais confuso.

— Arrumei um trabalho. Sou aprendiz de confeiteiro.

— Mas você já tem um trabalho, lembra? Acho que tem alguma coisa na água daqui. Não é possível. Vocês ficaram malucos? Aprendiz de confeiteiro, você? Você nem sabe a diferença entre farinha e açúcar!

— Eu sei. Mas ela estava desesperada, e além do mais tinha um olhar tão meigo... Não consegui dizer não. Acho que vou me apaixonar perdidamente.

— Você também? Mas o que essas garotas de Sun Place têm pra fazer vocês caírem aos pés delas como moscas?

— Ela é incrível. Louis, eu nunca conheci uma garota assim.

— Harry, escuta com atenção. Ela quem? Onde? Como?

Harry contou a Louis sobre o seu encontro com Mapy.

— Assim que entrei, ela estava lá, era linda. Alta, pernas maravilhosas, feições mediterrâneas, parecia mais italiana que inglesa, morena, cabelos pretos, lábios carnudos e olhos expressivos. No começo, pensei que fosse uma louca falando sozinha, depois notei o telefone e, assim que me viu, ela desligou e veio me encontrar com uma expressão de surpresa tão grande que pensei que tivesse me reconhecido. Mas ela continuou sorrindo para mim enquanto falava sobre agências, contratos, aumento... Não entendi muito bem, porque a minha mente estava em curto. Eu não conseguia tirar os olhos dela, ela sorria de um jeito irresistível, então percebi que ela estava me confundindo com outra pessoa.

— Tem certeza que ela não te reconheceu? Será que ela não estava fingindo? Já aconteceu outras vezes de encontrarmos garotas que fingem não saber quem somos só para serem notadas.

— Não, Louis. Pode acreditar. Ela não tem a mínima ideia de quem eu sou. Acho que ela nem conhece o One Direction. Dei uma olhada nos CDs que ela tem na confeitaria e perguntei de que tipo de música ela gosta. Ela escuta basicamente música dos anos 80 e 90. É uma verdadeira especialista.

— Uau! Música dos anos 80 é incrível.

— Ela é incrível. Não há nada de banal ou previsível nela. É alegre, inteligente, espirituosa... Me diverti um montão, apesar de termos trabalhado muito. Agora só preciso de um banho.

— Mas você não sabe fazer nada!

— Ela me ensinou a usar a batedeira e a abrir a massa. E depois eu lavei os pratos e utensílios.

— Você lavou pratos? Não acredito! Harry Styles, pop star internacional, idolatrado por milhões de fãs em todo o mundo, lavando pratos e bancando o ajudante de cozinha em uma confeitaria. Inacreditável.

— E amanhã eu vou de novo. Não perderia isso por nada no mundo.

— Como assim, amanhã vai de novo? Você esqueceu que amanhã a gente vai gravar o vídeo?

— Não, claro que não esqueci. Eu pedi para ela me liberar de manhã, e à tarde posso até não ir pro estúdio. O Niall também disse que tem um compromisso.

Harry fez uma pausa, e Louis pareceu contrariado.

— Ah, deixa disso! Estamos trancados aqui dentro há semanas. Já terminamos quase tudo, e você sabe melhor do que eu que nessa fase bastam duas, três horas por dia gravando no estúdio. De manhã sou aprendiz de confeiteiro, e de tarde eu trabalho no disco... Só preciso acordar cedo.

— A questão é essa mesmo: você vai conseguir acordar cedo?

— Para estar com ela, estou disposto até a ficar sem dormir! — respondeu Harry, sorrindo.

* * *

No fim de semana o trânsito aumentava, e encontrar uma vaga para estacionar não era fácil, especialmente no centro, também por causa do comércio na Carlton Square, bem atrás da casa de Megan. Já passava das seis da tarde e Mapy estava dando a terceira volta no quarteirão em busca de um lugar para deixar seu minicarro. A amiga estava ansiosíssima por causa do encontro daquela noite com Niall. Mapy ainda não conseguia acreditar e não havia nem tido muito tempo para pensar. Tinha sido um dia realmente cheio e cansativo, mas ela se divertira como há muito não acontecia. O novo aprendiz era um verdadeiro fracasso. Não tinha a mínima ideia do que era uma massa, e ela percebeu que ele teve dificuldade até para lavar os utensílios, mas tinha se esforçado e trabalhado duro. Ainda bem que ele era um cara esperto, bastava explicar as coisas uma única vez, caso contrário ela teria sido obrigada a encontrar outro ajudante e lamentaria não o ver novamente.

Harry era simpático e divertido, e, quando ela lhe explicou como usar algumas máquinas, ficando bem perto dele, o observou com atenção: ele era mesmo um garoto bonito, de olhos e sorriso deslumbrantes. Ela ia precisar tomar muito cuidado para não ficar caidinha por ele. Mas talvez já fosse tarde demais... Ele fazia bem o tipo dela, e no caminho, enquanto dirigia, ela ligou para Hugo para contar sobre o novo aprendiz.

— Você não imagina como ele é bonito. E simpático. Ele me faz rir, tem sempre uma piada pronta, mas falamos também de coisas sérias, e gosto do que ele diz. Parece alguém que fez sacrifícios e que sabe o que significa trabalhar duro, não é o clássico filhinho de papai, mimado e bonitinho, que acha que tem direito a tudo. Não parou um instante, só lá pelas três fizemos uma pausa, com chá gelado e sanduíches. Não vejo a hora que chegue amanhã. Pena que ele vai trabalhar só meio período.

— E por que ele vai trabalhar só meio período? Você não precisava de ajuda o dia inteiro?

— À tarde ele tem outro trabalho.

— Que trabalho?

— Acho que ele é garçom em alguma casa particular, porque ele me disse que trabalha em uma mansão, que durante a tarde geralmente está ocupado e que depende muito das pessoas que moram lá... Talvez ele não possa sair se os donos ou outros convidados estiverem por lá. Pelo menos foi isso que eu entendi.

— Mapy, toma cuidado.

— Com o quê?

— Você não conhece esse cara. Ele pode ser um bandido que fugiu da prisão, um serial killer, um sem-teto... Você não sabe!

— Mas ele foi mandado pela agência, e você sabe como eles trabalham. Se a pessoa não tiver referências, eles não aceitam. Além disso, ele parece mais uma celebridade de Hollywood que um sem-teto. Tem mãos bem cuidadas e um perfume incrível.

— Eu só estou preocupado com você. Faz vinte minutos que está me falando desse Harry, de quem, na verdade, você não sabe nada. Só peço que tenha um pouco de cuidado.

— Tudo bem, tudo bem. Você parece o meu pai.

— É que você é importante pra mim, e não quero que acabe ficando mal se descobrir que ele é uma pessoa diferente do que você imaginava. Vai mais devagar...

— Não é fácil! Só de pensar em amanhã à tarde já fico ansiosa.

— Mas ele não ia só de manhã?

— Ele já tinha um compromisso importante que não podia desmarcar, mas vai assim que estiver livre. Espera! Acabei de achar uma vaga!

* * *

Megan estava fabulosa. Os cabelos loiros e cacheados desciam em ondas sedosas pelos ombros, e a maquiagem era leve, em tons de rosa pálido que exaltavam seus maravilhosos olhos verdes. Usava um vestido estampado em vários tons de fúcsia e rosa e uma jaquetinha jeans. Estava simples, porém lindíssima, com olhos brilhantes pela emoção e um sorriso radiante no rosto.

Mapy tinha ido ao socorro da amiga quando ela telefonou: Megan estava desesperada porque não conseguia decidir o que usar e, principalmente, porque o medo e a ansiedade a estavam dominando, fazendo-a fantasiar que Niall faltaria ao encontro e outros cenários desastrosos, obviamente sem nenhum motivo, visto que o garoto lhe mandara dezenas de mensagens, contando as horas e até os minutos que faltavam para as oito.

Justamente um minuto antes de ele chegar na frente da casa dela, o celular de Megan emitiu um novo bipe.

> Falta apenas um minuto.

E logo depois:

> Cheguei.

Megan abraçou a amiga, agradecendo pelo apoio, e saiu de casa visivelmente emocionada. Mapy a viu caminhar até a calçada, enquanto um garoto loiro descia do carro parado ali na frente e ia ao encontro dela com um pequeno buquê de flores na mão. Escondida atrás das cortinas da cozinha, ela observou toda a cena e se comoveu diante da felicidade de sua amiga mais querida. Depois saiu para a rua e voltou para o carro, estacionado não muito longe dali.

Chegando ao carro, encontrou uma folha de papel dobrada e presa no limpador de para-brisa. Ela a abriu e viu que dentro havia uma nota de cinquenta libras e uma mensagem.

Assim que a leu, ficou vermelha de raiva e rasgou a folha e a nota. Teve o impulso de jogá-las fora, mas se deteve e enfiou as duas dentro da bolsa. Entrou no carro, colocou o fone no ouvido e ligou para Hugo.

— Alô?

— Você não acredita! Que cretino! Se eu encontrar aquele cara, eu passo por cima dele. Juro! Que imbecil! Deixou um bilhetinho e cinquenta libras. Idiota! Como ele se atreve? Mas que gentinha!

— Mapy! Mapy! O que está acontecendo? Fica calma.

Mapy não o escutou. Estava furiosa demais e desabafando toda a raiva que vinha reprimindo para não sobrecarregar Megan com mais ansiedade.

— Mas eu vou encontrar esse cara... Como diz o ditado, aqui se faz, aqui se paga. Da próxima vez, eu juro que bato nele. Eu não suporto esse garoto.

— MAPYYY! De quem você está falando? Quer fazer o favor de responder?

— Daquele tal que tem aquela tatuagem de zapa, aquele troglodita que eu encontrei na praia ontem.

— Quem? Aquele do carro?

— É, ele mesmo. Eu odeio esse cara.

— E onde você encontrou com ele?

— Perto da casa da Megan. Ele roubou minha vaga.

— Mas você tem certeza que era ele?

— Claro que tenho! Que pergunta! Mas eu disse poucas e boas para ele.

— Vocês brigaram de novo? Não acredito! Mas agora fica calma, estou te achando um pouco histérica...

— Um pouco? UM POUCO? Estou furiosa! Você sabe o que ele teve coragem de fazer? Escreveu um bilhete e me deu cinquenta libras. Mas que cara de pau!

— Cinquenta libras? Mas por quê?

— Pra fazer um curso de educação no trânsito.

— Não estou entendendo nada. Dá pra explicar?

De dentro do carro ainda estacionado, Mapy contou a Hugo o que tinha acontecido antes de ela chegar à casa de Megan.

— Eu já tinha dado várias voltas e não conseguia encontrar uma vaga para estacionar. Eu precisava ir de qualquer jeito até a casa da Megan.

— Eu sei, você estava no telefone comigo. Aliás, falando da Megan, eu ainda não consegui falar com ela. O que está acontecendo que ela não atende o telefone?

— Humm... Ela saiu com um cara.

Mapy tentava raciocinar rapidamente para dizer alguma coisa plausível a Hugo. Ela não podia contar sobre Niall e, mesmo confiando cegamente nele, cabia a Megan lhe dizer a verdade. Mas ela não queria mentir para ele.

— Com Jess White?

— Humm... não... Com outro.

— Que outro? — ele perguntou, admirado.

— Ele se chama... se chama James.

Ela teve uma ideia genial. Naquela tarde Megan só tinha falado de Niall. Tinha até lhe mostrado um cartão-postal com o rosto dele, que depois escondeu na última gaveta do armário. A primeira coisa que ela tinha feito naquela manhã, de fato, fora dar sumiço em todo o material da banda — fotos, livros e pôsteres que havia pendurado no quarto —, afinal, se Niall entrasse na casa por algum motivo e visse tudo aquilo, acharia que ela era uma daquelas fãs malucas. Ela tinha dito que o conhecia, que gostava das músicas do One Direction, e nada mais... Obviamente não havia lhe contado que tinha centenas de fotos e vídeos, que também estavam salvos em um pen drive e tinham sido apagados do computador, além de dezenas de pôsteres pendurados na parede. Entre as coisas que Megan havia lhe contado naquela tarde, Mapy lembrava que o segundo nome de Niall era James.

— James? Que James?

— A gente não conhece. Ele está aqui a trabalho. É irlandês, eu acho.

— E onde ela conheceu esse cara?

— Na lavanderia. Ele pediu um favor pra ela, depois começaram a conversar e vão sair juntos hoje.

Ela não havia mentido, só omitido um detalhe mínimo: que ele era do One Direction!

— Tudo bem. Depois eu ligo pra ela. E aí, o que você estava dizendo mesmo?

Ainda bem que ele mudou de assunto.

— Então, eu estava procurando uma porcaria de uma vaga, mas, como você sabe, nessa região não tem nenhuma, e eu já tinha dado três voltas no quarteirão. Então eu entrei na Queen Elizabeth Street e, bem em frente à loja de discos, vi um espaço livre. Acelerei e dei seta para não perder a vaga quando um enorme SUV branco se enfiou nela, roubando o lugar bem debaixo do meu nariz. Eu meti a mão na buzina para reclamar, mas o SUV continuou a manobrar como se não fosse nada. Quando percebi que ele não ia sair da vaga, desci do carro justamente quando o motorista do outro carro também desceu. E era ele! Não dava pra acreditar!

Mapy começou a contar, agitada, sobre a briga com o garoto da praia, que, obviamente, a reconheceu no mesmo instante.

— Ei, você! Essa vaga é minha!

— Você de novo? Mas que perseguição! Você está me seguindo por acaso?

— Não banca o desentendido. Faz vinte minutos que estou dando voltas pra achar uma vaga e você pegou o meu lugar, mesmo tendo me visto.

— Na verdade, achei que você quisesse dar ré.

— Você precisava ver a cara dele enquanto falava comigo. Fez meu sangue subir mais ainda à cabeça. Ele estava ali, todo limpinho e perfumado, com seu jeans perfeitinho e sua camisa xadrez, gel no cabelo, apoiado no porta-malas do carro, de braços cruzados, me olhando de um jeito tão seboso que eu tive vontade de dar uns chutes nele. E ainda sorria, a hiena.

— Mas que ré? Eu até dei seta! A verdade é que você é um prepotente. Conheço gente como você. Mimado e metido a engraçadinho, acha que pode fazer o que quiser e não respeita nem as regras mais simples de convívio social. Só porque você banca o gostoso com esse carrão, acha que os outros têm que ficar de joelhos a seus pés? Quem você acha que é?

— Caramba, você pegou pesado — disse Hugo.
— É que esse garoto me dá nos nervos.
— E o que ele respondeu?
— Nada! Ficou ali, parado, olhando bem nos meus olhos, com um sorrisinho irônico no rosto! Depois, quando parei, ele me perguntou se eu tinha acabado.

— Não! Não acabei. E não me olhe assim. Você me acha ridícula? Bom, vou te dizer uma coisa: você me dá pena! Fechado no seu mundinho e acostumado a enfrentar garotas com apenas um neurônio. Uma garota de cabeça boa, com o mínimo de inteligência, ficaria a mil quilômetros de você.

— Eu acho que você está apaixonada por mim e que essa é sua técnica de sedução. Diz a verdade: você gosta de mim, né?

— Gostar de você? Mas nem que me pagassem!

— Algumas garotas estariam dispostas a me pagar... tenho certeza.

— Só se for uma doida. Eu não saberia nem o que fazer com um cara como você. Metido a besta, prepotente, troglodita, homem das cavernas, agradável como um ataque de urticária. Você devia me pedir desculpas e, se fosse uma pessoa normal e minimamente educada, devia deixar a vaga pra mim.

— E você não só devia ir ao oculista, como eu já disse da outra vez, mas principalmente fazer um curso de educação para o trânsito, também com certa urgência. A senhorita "comissão contra os prepotentes" percebeu que estava na contramão?

— Mas que contramão? Tá brincando? Está vendo como você não tem argumentos? Eu sei que um simples raciocínio elementar já te dá dor de cabeça e que os pensamentos escapam desordenados assim que você abre a boca, mas vir me ensinar sobre as ruas da minha cidade já é um pouco demais! Pode ficar com a vaga. Só espero que você tenha uma dor de barriga fulminante que não te deixe nem voltar pro seu lindo carro.

— Dei as costas pra ele e fui embora.

— E ele?

— Eu ouvi que ele riu e disse: "Caramba! É maluca, mas tem pernas lindas".

— Pernas lindas? Com que roupa você estava?

— Minissaia jeans, tênis e camiseta polo rosa, nada de extraordinário.

— Você tem mesmo pernas incríveis, e a saia jeans fica ótima em você, mas o que as cinquenta libras têm a ver com tudo isso?

— Quando eu saí da casa da Megan e voltei para o carro, encontrei o bilhete com o dinheiro no para-brisa.

— E o que estava escrito?

— Espera, vou ler pra você: "Prezada senhorita, gostaria de presenteá-la com um curso de educação para o trânsito, no qual aconselho que se inscreva imediatamente. Se quiser, posso até lhe dar algumas aulas particulares e/ou levá-la para dar uma volta para que aprenda as mãos das ruas da *sua* cidade. Aguardando o seu contato, desejo-lhe uma boa noite". Depois assinou com um Z. Embaixo tem o número do celular e um P.S.: "De qualquer maneira, eu verifiquei: a senhorita estava na contramão... Se quiser, tenho também o número de um bom oculista". Idiota!

— Mas por onde você entrou na Elizabeth Street?

— Hugo! Não comece você também. Pela Lord Byron, né?

— Humm... mas *é* contramão... já faz alguns dias. Você não sabia? Por causa das obras na Carlton Square. Acho que ele tinha razão.

— Tá brincando? Você acha que eu não sei ver um sinal de contramão?

— Mapy, desculpa, mas é mesmo...

Ela pôs o carro em movimento e saiu da vaga. Tinha encontrado um lugar na própria Elizabeth Street, cinquenta metros mais à frente, e, ao chegar ao fim da rua, parou para olhar a placa na esquina. Era verdade. Indicava mão única.

— Caramba! Era mesmo contramão. Mas isso não anula o fato de que ele é um mal-educado, um arrogante e um troglodita.

— Na verdade você agrediu o cara. Não acho que ele te disse nada de ofensivo... Ele só falou que você estava na contramão.

— Mas você não viu a cara dele enquanto a gente brigava. Ele mereceu todos os xingamentos, mesmo que tecnicamente tivesse razão.

— Ontem ele também tinha razão... Você realmente bloqueou o carro dele com o seu... Mapy... Talvez você devesse pedir desculpas pra ele...

— NUNCA! Ele é muito antipático! Aliás, vou mandar um SMS dizendo que eu não quero o dinheiro dele. Eu te ligo depois.

Ela desligou e começou a escrever freneticamente uma mensagem para Z.

> Prezado, apesar de, tecnicamente, o senhor ter razão, porque aquela rua é TEMPORARIAMENTE de mão única, permanece o fato de que o senhor tem modos grosseiros que talvez apenas um curso de boas maneiras possa corrigir. Eu o convido, portanto, a vir pegar de volta o seu dinheiro para que faça um bom investimento: o senhor precisa mais de um curso de etiqueta do que eu de um curso de educação para o trânsito!
> Mapy Marple

Então a enviou sem sequer reler, e em seguida foi para casa.

Mapy estava muito cansada, fora um dia difícil, e ela não tinha nenhuma vontade de sair. Quando chegou, tomou um banho, enfiou uma camiseta enorme que usava como camisola e preparou uma xícara de leite, que levou para o quarto. Naquele instante, seu celular vibrou. Ela olhou a tela e viu que havia duas mensagens não lidas de um número desconhecido.

> se esse é o seu jeito de pedir desculpas... tudo bem... desculpas aceitas... 21:15

> e não sou eu quem tem modos grosseiros... 21:16

Mapy respondeu:

> no entanto eu assinei meu nome e sobrenome, enquanto o SENHOR continua escondendo a sua identidade... como se fosse um pop star internacional... mas é claro que o seu ego é maior que o seu bom senso. além disso, eu não pedi desculpa nem tenho intenção de pedir! só quero devolver o seu dinheiro, estou acostumada a viver com o fruto do meu trabalho e a não desperdiçar o dinheiro do meu pai, portanto convido o senhor a vir buscar o seu generoso oferecimento no seguinte endereço: confeitaria sweet cream, king's cross road 31 21:35

Bipe.

> e o que vc sabe? eu posso ser um cantor famoso ou um astro de cinema... talvez vc descubra isso amanhã e acabe sentindo remorso 21:37

> remorso? que ilusão!!! por mim o senhor poderia até ser o irmão secreto do príncipe william e nada mudaria: o senhor é e sempre vai ser um idiota 21:38

> e mesmo que o senhor fosse um astro de hollywood eu lamentaria pelas pobres acéfalas que te idolatram! cada um com seu público! 21:39

> vou amanhã... vc vai estar? quem sabe vc me xinga mais um pouco, já que gosta tanto de fazer isso... te acho muito divertida 21:40

> seu dinheiro vai estar em um envelope. já eu não acho graça nenhuma no senhor! boa noite 21:41

> mas pq está tão brava? vc poderia ser muito bonitinha se quisesse e parasse de fazer piadinhas maldosas. relaxa 21:42

> é evidente que o senhor não está acostumado a enfrentar garotas que pensam, mas vou lhe dar uma notícia perturbadora: existem garotas cujos neurônios não sofrem de solidão no vazio do próprio cérebro... o fato de eu estar te enfrentando quer dizer simplesmente que não suporto a sua arrogância e que não estou disposta a suportá-la... é por isso que não faço a mínima questão de ser simpática com o senhor. ou nem passa pela sua cabeça que uma garota possa não se sentir irresistivelmente atraída pelo seu olhar magnético??? 21:44

> mapy marple, eu gosto de vc! e, p/ sua informação, vc não errou: muitas garotas pagariam p/ estar no seu lugar 21:45

> coitadinhas 21:46

> vc acha mesmo que está num pedestal. vai acabar caindo, hein! 21:47

amanhã vou te pegar às 13h e vamos comer alguma coisa juntos 21:48

> adeus! 21:49

até logo, nesse caso... 21:50

> não! adeus mesmo! não tenho nenhuma intenção de sair com vc. imagina! e o que vc teria pra me dizer! não sei nada de futebol nem tenho interesse em roupas de grife e carros... e com isso se acabam os SEUS assuntos pra conversar 21:52

> ... ah, eu estava esquecendo! não tenho interesse em músculos, nem em malhação, nem em gel de cabelo. viu? não temos nada mesmo em comum. fim de papo 21:53

não posso mais ficar trocando mensagens com vc, apesar de estar me divertindo bastante... até amanhã. se vc não estiver lá, de algum jeito te encontro de novo. não vejo a hora de te ver outra vez 21:54

Zayn desligou o telefone sorrindo. Precisava ensaiar alguns arranjos com Liam, mas antes quis trocar mensagens com a garota da praia, a Miss Marple. Ela era linda, e ele gostava dela não só pela aparência, mas também pelas coisas que ela dizia... É verdade, ela o havia xingado, mas demonstrava uma esperteza e uma rapidez de raciocínio incomuns. Ela o enfrentava como nenhuma garota fazia há muito tempo, e isso era algo que o estimulava. Ele se sentia atraído por ela e precisava arriscar. Não podia deixar a oportunidade escapar. Era uma aposta que fazia consigo mesmo.

— Zayn! O que você está fazendo? Vamos. A gente não ia trabalhar no primeiro trecho?

— Estou aqui, Liam. Quem veio?

— Você, o Louis e eu. O Harry disse que está cansado e vai dormir, e o Niall saiu.

— Vamos, meu amigo — disse Zayn, dando um toque no braço do colega. — O mundo nos espera.

* * *

Mapy tinha descido muito cedo para a confeitaria.

— Como é o novo ajudante? — perguntou seu tio. Ele e Mark já estavam ali e tinham começado as preparações mais importantes.

Muito bonito, pensou Mapy, mas não podia dizer isso ao tio.

— Ele não tem experiência, mas trabalha duro. Ontem me ajudou bastante.

— Mas você dá conta, Mapy? Se achar que não, podemos nos organizar de outra maneira. Não quero que você se canse.

— Não, tio. Você sabe que eu gosto do trabalho e consigo me virar. Além do mais, é só uma semana. Fica tranquilo, eu consigo fazer tudo. Se não conseguir, eu aviso.

— Você é teimosa como a sua mãe... Tenho certeza que não vai me avisar nunca.

O tio a abraçou e desarrumou os cabelos dela.

— Deixa eu ver sua roupa. Foi você quem costurou?

— A parte de cima, sim — respondeu Mapy com um sorriso.

Ela estava usando jeans, uma blusa feita com tiras de renda branca e azul alternadas e um bolero de crochê. Estava muito bonita. Tinha até juntado os cabelos de um jeito arrumado, prendendo a parte da frente com diversas presilhas brancas e azuis.

O tio e Mark foram embora lá pelas oito e meia, e Mapy imediatamente ligou para Megan.

— E aí, como foi com o Niall?

— Um conto de fadas. Um verdadeiro conto de fadas! Foi tudo tão romântico. Eu achei que ele ia me levar em algum lugar famoso cheio de celebridades, mas fomos até aqui perto de Sun Place, numa espécie de pousada sobre um rochedo à beira-mar. O lugar estava todo enfeitado com luminárias de papel e fileiras de luzinhas. No meio do salão tinha uma mesa superproduzida, com um monte de velas. O Niall me disse que o jantar foi preparado pelo chef do restaurante Nando's, o preferido dele. Tinha música ao vivo e dançamos várias lentas. Mapy, parecia que eu estava sonhando. Ele é tão carinhoso. Foi uma noite maravilhosa. Estou apaixonada.

— Mas o que ele disse sobre vocês dois?

— Que ele gosta de mim, que pensou em mim o dia inteiro e que não via a hora de me ver de novo. Agora de manhã eles vão gravar um vídeo, mas à tarde vamos pra praia juntos...

— Ah! O vídeo. Aquele com as jaquetas brancas, não é?

— Isso mesmo. Benditas jaquetas.

— Aonde vocês vão?

— Não sei, acho que passear de barco. Ele detesta expor a vida pessoal e não quer que ninguém saiba de nada, nem que o One Direction está aqui e, principalmente, nada sobre nós dois. Ele me disse que eu não tenho ideia de como a imprensa inglesa é insistente. Eles são assediados e perseguidos por causa de uma simples foto! Isso sem falar do bando de garotas que não dá uma trégua. Geralmente eles gostam desse tipo de coisa, principalmente do carinho dos fãs, e lidam com isso de um jeito tranquilo, mas o Niall não quer me envolver nisso. Ele disse que eu não tenho ideia do que a minha vida ia se tornar se saísse alguma notícia sobre a gente... Disse também que eu sou muito importante para ele e que quer manter a nossa relação em segredo para me proteger de um tumulto que poderia me machucar.

— Ele tem razão, Megan.

— Eu sei, e tento ser o mais discreta possível. Contei só pra você.

— O Hugo já me perguntou duas vezes que fim você levou.

— E você? — ela perguntou, preocupada.

— Eu não disse nada. Só que você conheceu um tal de James na lavanderia e que está saindo com ele.

— Ah... Bom, talvez eu ligue pra ele. Eu queria contar, mas por enquanto acho melhor não... Quanto menos gente souber, melhor.

— Concordo... Imagina se aquele fofoqueiro do Bredford fica sabendo!

— Ai, meu Deus! Por falar nisso, ontem eu vi a Alana. Eu e o Niall estávamos no semáforo na Oxford Street, e ela estava parada na calçada, mas não reconheci na hora. Ela fez plástica no nariz!

— O quê?

— Tenho certeza. Eu percebi porque ela estava usando legging e um top brancos que se destacavam muito na pele bronzeada dela. Eu não suporto aquela garota, mas, sinceramente, ela tem um corpo de modelo. Ela estava parada na calçada olhando pro nosso carro, um esportivo caríssimo... Você sabe como ela é, não sabe? Superligada em dinheiro e aparências. Depois ela olhou pro Niall.

— E ele olhou pra ela?

— Acho que não. Ele estava de óculos escuros, mas nem mexeu a cabeça pra olhar na direção dela. Imagina, ele está tão acostumado a ver garotas lindíssimas que nem nota mais...

— Mas você acha que a Alana reconheceu o Niall?

— Acho que não... Enfim, ela estava olhando pra ele e eu estava olhando pra ela, mas não porque reconheci, e sim porque o visual dela me impressionou. Depois percebi que era ela! Ela mudou o corte de cabelo e não tem mais aquele nariz enorme.

— Na verdade, eu não vejo a Alana faz quase dois meses. Como ela está?

— Bonita, Mapy, muito bonita. Lembra do cabelão comprido que ela tinha? Já era! Agora ela está usando um corte meio Chanel, um pouco abaixo da orelha, que fica muito bem pra ela... Destaca os olhos azuis e as maçãs do rosto.

— Ela te viu?

— Não sei... Ela estava prestando atenção no Niall, e só quando a gente andou de novo ela olhou na minha direção, mas eu abaixei a cabeça na mesma hora.

— Se ela já era insuportável antes, imagina agora... Deve estar se sentindo uma deusa...

— E você, como está? Ainda cheia de trabalho?

— Nem me fale. Ainda bem que chegou esse ajudante que a agência mandou... Uma gracinha, mas um verdadeiro desastre. Não sabe fazer nada, apesar de se esforçar. Hoje ele vem só depois da uma e, já que estou sozinha, é melhor eu desligar e me atirar no trabalho. Tenho um monte de coisas pra fazer.

— Tudo bem. Depois a gente se fala. Te amo.

— Eu também, Megan.

***

O tio de Mapy havia deixado muitas coisas para ela fazer. Mapy então vestiu um avental e se entregou ao trabalho. Mas antes preparou um envelope com o dinheiro do idiota do SUV branco. Ela não queria estragar seu dia e espantou aquele pensamento.

Na metade da manhã, Alana apareceu.

Falando no diabo, pensou Mapy, fingindo não tê-la reconhecido logo de cara. Ela olhou para Alana durante alguns segundos, enquanto a garota se deixava observar, exultante de prazer, depois fez uma expressão de surpresa.

— Alana, como você está bonita! O que você fez?

— Oi, Mapy. Vim visitar minhas tias e passei pra te dar um oi. Você engordou ou estou enganada? — ela perguntou, como sempre.

Mapy não respondeu.

As srtas. Wiston surgiram com uma expressão de felicidade no rosto.

— Você viu como a nossa sobrinha está linda? Parece modelo.

— Você está muito bem. Cortou...

... o nariz?

— ... o cabelo?

— Sim. Não acha que esse corte valorizou meu rosto? — respondeu Alana, sacudindo levemente a cabeça para mostrar os cabelos e o rosto.

Foi o cirurgião que valorizou seu rosto. Deve ter custado uma fortuna.

— Muito bonito, ficou muito bem em você.

— Fui para Londres... no salão dos VIPs! Imagina que conversei de perto com a Kate Middleton.

— Você esteve em Londres... UAU! E só pra ir ao cabeleireiro?

... ou, principalmente, para levar uma machadada naquela tromba que você tinha grudada na cara?

— Não... Na verdade fiz uma coisa que vai mudar radicalmente a minha vida...

Quer ver que essa cobra agora vai admitir que fez plástica no nariz, como se todo mundo não tivesse percebido?

— É mesmo? E o que foi?

— Participei do concurso Top Model do Ano. Sabe, tenho tudo o que é preciso: altura, corpo, rosto, cabelo, porte... Eu era a mais bonita, e eles me escolheram.

Claro... Mas isso foi antes ou depois do nariz? Por falar nisso, onde você o deixou?

— Agora preciso trabalhar. Desculpa, Alana, quem sabe uma noite dessas a gente sai e você me conta os detalhes.

Claro! Pode ter certeza.

— Eu adoraria. Quero te mostrar o meu book.

Imagina que divertido! Você se comportando como uma estrela e eu me entediando até a morte. Jamais!

— Não vejo a hora.

— Quem sabe a gente não chama a Megan também... Aliás, acho que eu a vi ontem à noite... de carro, com um cara muuuito bonito, na Oxford Street. Quem é ele? Não é de Sun Place... Nunca o vi por aqui, mas parecia ter uma cara conhecida.

Putz, ela viu a Megan. Preciso inventar uma desculpa urgente.

— A Megan com alguém ontem à noite? Acho que não. Passamos a tarde e a noite juntas na casa dela, conversando e vendo um filme. Você nem imagina que pesadelo pra estacionar.

— Vocês ficaram em casa... num sábado à noite?

— Eu estava cansada e ela estava com um pouquinho de febre.

— Ah. Devo ter me enganado então... mas era idêntica a ela. Agora vou indo. Ligo pra você qualquer noite dessas.

Mal posso esperar.

Assim que Alana saiu da cozinha, Mapy ligou para Megan para avisá-la da mentira que tinha acabado de contar.

* * *

Alana, porém, não tinha ido embora. Ficou parada do outro lado da porta da cozinha e disse às tias que precisava ir ao banheiro. Ela tinha visto Megan, tinha certeza, mas por algum motivo estranho Mapy havia mentido. Ela não fazia ideia de quem era ele, mas era um cara bem bonito mesmo, e tinha um carro incrível. Devia ser muito rico.

Ela se escondeu atrás da porta e ouviu quando Mapy ligou para Megan. Havia algum segredo por trás daquela história, e ela ia descobrir. Agora ela tinha tudo o que precisava para encontrar um namorado que fizesse suas amigas morrerem de inveja e, se havia um bom partido por aí, certamente ela não o deixaria para Megan! Aquela loirinha não era feia, mas era insossa, não era páreo para ela. Aquele cara lindo ia preferi-la, simplesmente porque ela era mais bonita.

* * *

Mapy recomeçou a trabalhar, queria terminar o maior número de coisas possível para poder se dedicar um pouco ao treinamento de Harry.

Harry.

Só de pensar nele, um sorriso surgiu em seu rosto.

Lá pela uma da tarde, a srta. Wiston entrou na cozinha. Quem poderia saber qual das duas era, já que eram idênticas e se vestiam da mesma maneira?

— Mapy, um garoto está procurando por você. Um belo rapaz, bem-vestido e bem cuidado. Quem é? Seu novo namorado?

Mapy logo entendeu. Era o idiota do SUV. Z.

— De jeito nenhum! E nem me interessa. Por acaso você disse que estou aqui?

— Não, disse que ia ver se você tinha ido embora. Mas... bom... se ele não te interessa, posso apresentá-lo para a Alana? Parece que ele é mesmo um bom moço, tão elegante naquela roupa branca...

Vestido de branco? Elegante? A essa hora? Será que ele é filho de um chefão da máfia?, pensou Mapy.

— Claro. Eu não me importo. Você pode entregar a ele esse envelope? E, se ele perguntar quando pode me encontrar, diga que viajo hoje para os Estados Unidos e só volto daqui a três meses.

A srta. Wiston voltou para a loja com um sorriso meloso no rosto. Pela porta entreaberta, Mapy espiou o que estava acontecendo.

— Meu rapaz, a srta. Marple viajou para os Estados Unidos e só vai voltar daqui a três meses — disse a srta. Wiston, dirigindo-se a Z.

— Ela lhe deixou isso.

Entregou-lhe o envelope, que ele abriu imediatamente, retirando a nota de cinquenta libras refeita com fita adesiva e um bilhete.

Excelentíssimo Z.,

Pegue o seu dinheiro e me deixe em paz. Não estou a fim de você! Você não me interessa e eu não sairia com você nem se fosse o último homem na face da Terra. Além do mais, estou apaixonada por outro. Viajo hoje para os Estados Unidos e vou me casar em Las Vegas. Adeus.

M.M.

Z. deu uma ruidosa gargalhada. Nesse ínterim, a srta. Wiston já havia preparado um copo de limonada gelada com biscoitos e ofereceu ao rapaz amavelmente.

— Meu jovem, está muito calor. Que tal uma limonada para se refrescar um pouco?

Ela enlouqueceu? O que está fazendo? Assim ele não vai embora. Rua! Xô! Ele tem que ir embora!

— Obrigado, senhora, é muita gentileza, aceito com prazer. Assim, quem sabe, podemos conversar um pouco. Gosto muito de falar com pessoas educadas como a senhora.

Que grande filho da... Vá embora!

A srta. Wiston fez Z. se sentar e lhe serviu o suco e os biscoitos. Ele mal os provou e imediatamente a encheu de elogios, fazendo-a se sentir orgulhosa.

— Então, me diga — ele perguntou distraidamente. — A confeitaria é da senhora?

Bipe.

Mapy tinha recebido uma mensagem.

> las vegas? não dá pra acreditar... vc não é nem maior de idade   12:53

— Não, é da família Marple. Eu e minha irmã trabalhamos aqui há muito tempo.

— Então a Mapy é a dona?

Enquanto falava com a srta. Wiston, Z. manuseava o celular.

— Ela é filha de Lisa Marple, a melhor confeiteira da cidade.

— E o que a Mapy faz?

— Bom... Até algum tempo atrás ela era uma confeiteira de meia-tigela, agora está muito melhor e consegue fazer verdadeiras delícias naquela cozinha.

Olha só, a Wiston! Não sabia que ela gostava dos meus doces.

Bipe.

> então vc sabe fazer delícias... qdo vai me deixar provar? 12:55

— Humm... e ela não estuda?

— Claro que estuda. E tem ótimas notas. Ela vem à cozinha quando pode. Agora está de férias na escola e vem todo dia trabalhar para dar uma mão. Ela poderia ir à praia e se divertir com os amigos, mas ajuda a mãe... É mesmo uma boa menina. Tem um gênio um pouco forte, mas trabalha muito bem. É amiga íntima da minha sobrinha Alana, você conhece?

Bipe.

> o seu "gênio" não passa despercebido 12:58

— Alana? Não, não conheço nenhuma Alana.

— Ela acabou de ser selecionada no concurso Top Model do Ano! — exclamou a srta. Wiston com orgulho, pegando uma foto da garota e mostrando para Z.

Deve ser uma foto pós-operação plástica, é claro, pensou Mapy.

Z. olhou com atenção.

Bipe.

> bonitinha a sua amiga alana...mas prefiro vc, sem sombra de dúvida 13:01

— Mas é parecidíssima com a senhora! Bonita como a tia.

A srta. Wiston corou levemente e baixou o olhar.

— Obrigada, mas garanto que ao vivo ela é ainda mais bonita. E que temperamento! É a meiguice em pessoa.

Quem? A Alana??? Hahahaha. Vai lá, Z., vai conhecer a Alana. É exatamente o seu tipo!

> é exatamente o seu tipo! Vcs foram feitos um para o outro! 13:02

> já está em las vegas ou ainda no avião? 13:04

> fazendo o check-in 13:05

> tô te esperando aqui fora 13:06

> não estou aí. vá embora! não quero te ver! te odeio! 13:07

> se vc não sair, vou aí te pegar, preciso falar c/ vc! 13:08

> não quero saber! 13:08

> ok, vou me despedir da wiston e vou aí te pegar 13:09

— Nossa conversa foi muito agradável, sra. Wiston. Poderia anotar o telefone da sua linda sobrinha? Com certeza vou convidá-la para jantar.

A srta. Wiston saboreava as palavras de z., que continuou falando com ela enquanto trocava mensagens com Mapy. Então ele pegou a foto de Alana com o número dela escrito em cima e se levantou.

— Posso usar o banheiro um pouquinho?

— Claro — a srta. Wiston respondeu, apontando para a porta atrás da qual Mapy tinha se escondido. — Passando por aquela porta tem mais duas. Não é a de frente, que leva à cozinha, mas a outra, à esquerda.

— Obrigado, sra. Wiston. É mesmo muito gentil.

Zayn se dirigiu até a porta, enquanto Mapy fugia para a cozinha e se escondia na despensa.

— Vamos, apareça. Eu sei que você está aí dentro. Vou te encontrar de qualquer jeito. Onde você se escondeu? — ele gritou para ela.

Mapy tinha se trancado na câmara frigorífica da despensa. Ela não queria falar com Z. e ficou escutando, esperando que ele fosse embora.

Ele olhou em volta, tentando descobrir onde Mapy poderia estar: abriu as portas de alguns armários, verificou atrás de alguns móveis e abriu também as portas da despensa.

— Meu jovem, por acaso você se perdeu?

A srta. Wiston tinha entrado na cozinha e sorria para ele.

— Na verdade, acho que errei a porta.

— Por favor, venha, eu o acompanho. É por aqui.

Mapy ficou mais alguns minutos na câmara frigorífica. Quando começou a sentir frio, decidiu sair. Z. certamente teria ido embora.

Ela espiou pela loja. A srta. Wiston falava com uma cliente, não havia nem sombra dele. Finalmente.

Todo aquele tempo na câmara frigorífica a deixou gelada. Ela precisava se aquecer e tirar do corpo a umidade.

Então saiu para o pátio dos fundos, que estava inundado de luz, soltou os cabelos, se apoiou no muro quente do depósito, fechou os olhos e se deixou abraçar pelos raios de sol.

Era tão agradável ser embalada pelo calor. Quando finalmente começou a relaxar, percebeu de súbito um leve perfume de loção pós-barba e sentiu algo tocar seus lábios delicadamente.

Durou apenas alguns segundos, depois, em sua mente, a imagem de Harry se materializou.

Que perfume bom ele tem... e que lábios macios e frescos.
É o Harry me beijando? Tomara!
Não, não é possível.
Ei! Mas o que está acontecendo?

Ela abriu os olhos e viu um garoto se afastando.

Não era Harry. Era Z.

Ele tinha acabado de beijá-la?

Talvez ele não tivesse exatamente a beijado, mas tinha tocado seus lábios nos dela.

Não, não! Ele a havia beijado mesmo!

Um selinho continua sendo um beijo!

Mapy ficou atônita. Ele a pegara de surpresa.

Ela ficou olhando para ele com uma expressão de espanto nos olhos, incapaz de dizer uma única palavra, enquanto ele sorria.

— Oi, Mapy Marple — ele disse.

Não havia arrogância ou insolência nele, ao contrário, parecia quase intimidado. Da mão que ele escondia atrás das costas surgiu uma pequena margarida branca, que ele provavelmente pegara de um dos vasos na frente da loja. Ele lhe ofereceu a flor.

— Paz?

Mapy se recobrou, tentando pensar racionalmente sobre o que estava acontecendo.

— Você me beijou? — ela perguntou, quase não acreditando no que dizia.

— Sim.

— Você me beijou mesmo?

— Sim.

Mapy não sabia se se sentia indignada, frustrada ou... contente.

Não! Contente, não!

Indignada. Claro. Ele tinha se aproveitado dela. Mas como ele ousava? O homem das cavernas!

No entanto...

No entanto nada! Era preciso dar uma lição nele.

Ela arrancou a margarida da mão do garoto e a jogou de qualquer jeito na cara dele.

— É assim que você costuma fazer? Enganar as garotas para conseguir um beijo? Porque você sabe que nunquinha eu te beijaria de livre e espontânea vontade. Muito bem! Você quer aplausos? Aqui está.

— E começou a bater palmas. — Bom, agora que você teve o seu instante de glória, pode ir embora. O show acabou.

— Posso saber o que eu te fiz? Cada vez que fala comigo, você me agride!

— Eu? Lembra que sexta-feira, na praia, você quase me espancou? Gritou na minha cara, arrancou o meu fone de ouvido e me deu um baita susto? E, como se não bastasse, ontem você roubou a minha vaga...

— Você estava na contramão.

— Contramão ou não, você roubou a minha vaga e, além do mais, eu não sou obrigada a te dar explicações, apesar de querer te dizer uma coisa: VOCÊ É MUITO AN-TI-PÁ-TI-CO! Tá bom pra você?

Mapy virou as costas e já ia embora, mas Z. a segurou pelo braço.

— Ei! Me solta!

— Parecia que você estava gostando, afinal você não me rejeitou... Então acho que você gosta de mim, só não quer admitir porque é muito orgulhosa.

Z. sorriu para ela ironicamente. A arrogância tinha voltado e com ela a raiva cega de Mapy.

— Sonha! Vai sonhando! Eu pensei que você fosse outra pessoa. Agora solta o meu braço.

Mapy puxou o braço com força e se soltou. Entrou na cozinha e fechou a porta na cara dele. Estava transpirando e acalorada, e seu coração batia loucamente. Ele tinha mexido com os nervos dela de verdade.

Lavou o rosto e bebeu um pouco d'água e, quando voltou, Z. continuava impassível, batendo na porta da cozinha insistentemente.

— Vai embora — ela gritou com força.

Mas ele não cedia.

Mapy abriu a porta abruptamente, decidida a enchê-lo de palavrões.

— Eu disse pra você parar de me atormentar... Ops... Oi, Harry.

Bam!

Soco no estômago.

Harry olhava para ela, admirado.

— Desculpa, vem, entra.

Mapy se apressou a dar as costas para ele. Estava vermelha e não queria que ele notasse.

— Com quem você está tão irritada?

— Com ninguém.

— Como, com ninguém? Você estava gritando...

— É só um cara que me incomoda.

Ele mudou de expressão.

— Como assim? Ele quer te machucar?

— Não... acho que não... É que ele não se conforma que eu não me interesso por ele.

— É um ex?

— Nem pensar! Eu nem conheço direito... só vi algumas vezes. Mas é uma longa história e não quero ficar nervosa de novo. Vem, eu ia comer um sanduíche. Você já almoçou?

— Na verdade, não... Fiz tudo correndo para vir o mais rápido possível. Queria agradecer por você ter me dado a manhã livre.

Harry tinha acordado muito cedo e passado a manhã toda com os garotos gravando o vídeo do novo single em uma praia deserta. Fora cansativo porque fazia muito calor, e eles tiveram que vestir um conjunto de blazer e calça de algodão acetinado branco, muito pesado. Quando terminaram, era quase uma hora, e ele tinha corrido até a mansão para se trocar e ir à confeitaria. Desde o dia anterior, não tinha parado de pensar em Mapy um instante. Agora ela parecia muito brava e, pelo jeito, havia alguém que a incomodava. Ele sentiu um impulso instintivo de ciúme que o surpreendeu. Nunca tinha sido um cara ciumento, mas também nunca tinha sido um aprendiz de confeiteiro! Ela tinha encerrado a conversa, mas, na primeira oportunidade, ele tentaria se aprofundar no assunto.

E então, pela primeira vez, ele se deu conta de que Mapy podia ter namorado.

Tomara que ela esteja solteira.

Mapy era uma linda garota, mas parecia não perceber isso: não se achava, não era vaidosa, ao contrário, era simples e espontânea. Certamente tinha um bando de pretendentes, e era provável que tivesse um relacionamento.

Preciso descobrir de qualquer jeito.

— Você tem namorado?

Mapy estava arrumando os sanduíches sobre a mesinha no fundo da cozinha, quando Harry, parado diante dela, de repente fez aquela pergunta.

Ela se virou e olhou para ele, séria.

Tinha a imagem de Z. na cabeça.

Mapy! Acorda! Você está com Z. e vê Harry, está com Harry e vê Z. Mas o que está acontecendo com você? Presta atenção.

Ela sorriu para ele.

— Não. Eu não tenho namorado. E você?

— Eu também não tenho namorado.

E caíram na gargalhada.

— Não, eu não namoro — acrescentou Harry, dando uma mordida no sanduíche.

Mas ela pode estar apaixonada por outro. Você pensou nisso? Pergunta logo.

— Mas está interessada em alguém?

Ela sacudiu a cabeça, enrubescendo levemente e baixando o olhar.

— Até ontem não... — disse com um fio de voz.

Harry sorriu satisfeito.

Trabalhar com ele era muito gostoso. Mapy o ensinou a abrir a massa folhada e a fazer pão de ló. Enquanto as tortas cresciam no forno, ele parecia um menino entusiasmado.

Já eram cinco horas.

— Por hoje é só. Agora precisamos deixar tudo arrumado e depois você está dispensado.

— Certo... e... o que você costuma fazer depois?

Harry parecia envergonhado e mantinha os olhos baixos.

— Pensei em ir um pouco até a praia... Quer vir?

— Se não for atrapalhar, eu gostaria de dar um mergulho no mar. Até porque não preciso voltar para a mansão agora à tarde.

— Mas você tem calção de banho?

— Humm... na verdade, não.

— Eu moro aqui em cima e, se quiser, posso pegar um do meu pai. Talvez fique um pouco largo, mas tudo bem, né?

— Vai ser ótimo.

Mapy correu para casa, passando pela escada interna próxima à porta do banheiro. Trocou de roupa em tempo recorde e pegou o calção para Harry enquanto ele terminava de organizar tudo.

Quando voltou, ele estava saindo da despensa.

— É seu? Eu achei aqui dentro.

Ele lhe entregou o celular. Mapy tinha esquecido completamente dele. Ela o deixara ali quando se escondeu.

Havia doze mensagens não lidas. Todas de Z.

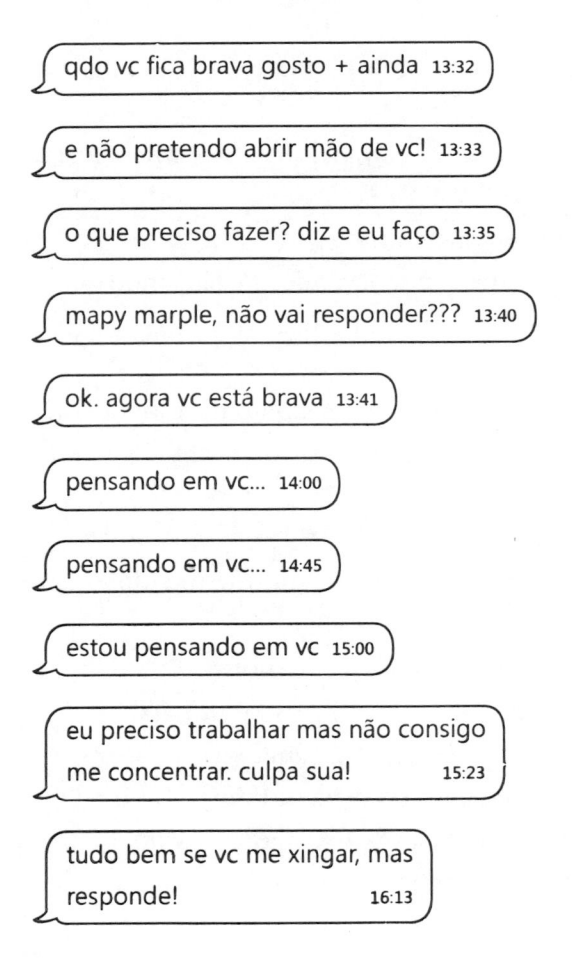

> qdo vc fica brava gosto + ainda 13:32

> e não pretendo abrir mão de vc! 13:33

> o que preciso fazer? diz e eu faço 13:35

> mapy marple, não vai responder??? 13:40

> ok. agora vc está brava 13:41

> pensando em vc... 14:00

> pensando em vc... 14:45

> estou pensando em vc 15:00

> eu preciso trabalhar mas não consigo me concentrar. culpa sua! 15:23

> tudo bem se vc me xingar, mas responde! 16:13

> não consigo fazer nada. estou indo aí.
> 16:50

> estou parado na frente do seu carro. vc vai ter que sair + cedo ou + tarde, daqui eu não saio
> 17:20

Harry tinha ido se trocar no banheiro e a encontrou lendo as mensagens. Parecia brava e preocupada.

— Tudo bem? — ele perguntou.

— Sim, sim — ela respondeu distraidamente, mas ele percebeu que havia algo errado. Ele a viu desligar o celular e o colocar na grande bolsa de palha que ela levava consigo.

Ela estava linda. Com um vestidinho curto verde, de mangas e gola jeans. Os cabelos estavam presos em um rabo de cavalo, e usava óculos de sol.

— Você veio de carro? — ela perguntou, pensativa.

— Sim, está estacionado no pátio, por quê?

Ainda bem! O meu está na frente da loja, ela pensou.

— Podemos ir com o seu? O meu está com um probleminha... Vou levar no mecânico amanhã, e é melhor não arriscar.

— Claro, vamos com o meu.

Que sorte que eu estou com o Smart, Harry pensou. Teria sido difícil explicar como um aprendiz de padeiro poderia ter um BMW ou qualquer outro carro de luxo da garagem da mansão. Eles podiam escolher entre um BMW esportivo conversível, um Audi A8, um SUV branco e o Smart, o único que havia sobrado naquela tarde, já que não eram só eles que usavam os carros, mas também os produtores e os técnicos que trabalhavam no disco. Harry geralmente dividia o carro com Zayn ou Liam.

— Vamos? — Mapy voltou a sorrir enquanto dava o braço para Harry.

Ele o tomou, e eles saíram da cozinha rindo, felizes como duas crianças.

* * *

Mapy dormiu pouco e se levantou tão logo amanheceu. Não conseguia mais ficar na cama e mandou uma mensagem para Hugo, pedindo que ele ligasse para ela assim que lesse. Ela tinha uma infinidade de coisas para contar: nas últimas vinte e quatro horas tinha acontecido de tudo!

Na tarde anterior, ela e Harry foram a uma praia pouco frequentada. Tomaram banho de mar, brincaram descontraídos e, quando saíram da água, se jogaram sobre as toalhas, esgotados e sem fôlego, mas ainda rindo.

Ela estava feliz por estar com ele naquele momento, não gostaria de estar em nenhum outro lugar no mundo, e se virou de lado para olhá-lo. Ele estava deitado de costas, e as gotas de água que ainda molhavam seu peito escorriam pelo corpo. Estava de olhos fechados, e Mapy sentiu um arroubo de ternura.

— Por que está me olhando? — Harry não tinha aberto os olhos, mas sorria.

— Quem disse que estou te olhando? Eu posso estar olhando para a praia ou para o pôr do sol.

— Não, você está olhando pra mim. Tenho um sexto sentido pra essas coisas — ele sussurrou.

Mapy não respondeu, mas continuou olhando para ele. Harry era muito bonito e tinha um porte atlético. Certamente praticava esportes.

— E aí? Por que está me olhando?

— Não estou te olhando! É verdade! — Mapy pegou uma pedrinha e jogou no peito dele.

— Não tenta me distrair. Responde.

— Não! — Ela jogou outra pedrinha nele, e depois mais uma, rindo baixinho.

Harry deu um pulo, tentando pegá-la desprevenida, mas Mapy foi muito rápida e ficou logo de pé, se afastando.

— Eu não estava te olhando mesmo! — ela disse, rindo e fugindo para longe.

Eles brincaram de correr um atrás do outro por alguns segundos, mas depois ele conseguiu pegá-la. Ela ficou imóvel e ele a soltou devagarinho. Então Mapy aproveitou para fugir de novo, rindo. Harry lhe deu uma rasteira e ela caiu no chão, não sem antes se agarrar a ele e fazê-lo cair junto. Estavam deitados sobre a areia quente, ele segurou as mãos dela, os dois rindo e sem fôlego.

— Você é linda, Mapy. — Harry parou de rir e olhou para ela.

Ele disse isso assim, simplesmente, e ela enrubesceu.

Ele tinha vontade de beijá-la, bastaria inclinar a cabeça alguns centímetros e tocaria os lábios dela, mas não o fez. Tinha medo de estragar tudo e não queria isso.

Harry então ficou de pé num pulo e correu para o mar.

— Que tal um último mergulho?

Ela o alcançou imediatamente e mergulhou enquanto o sol se punha em um mar de ouro. Quando saíram da água, se enxugaram rapidamente, e ele sugeriu que fossem comer um sanduíche em um quiosque não muito distante, que fazia hambúrgueres maravilhosos. Mapy não queria mais nada além de ficar um pouco mais com ele.

Chegaram ao quiosque pouco depois. Era uma pequena construção isolada perto de um mirante, com alguns bancos que davam para o mar. Harry foi pegar os sanduíches e as bebidas enquanto ela se sentava de pernas cruzadas em um dos assentos. Comeram com vontade, falando de cozinha e de suas comidas preferidas.

Mapy estava falando de sua paixão pelos doces italianos quando Harry começou a esfregar o olho direito. Alguma coisa o incomodava.

— Me deixa ver — ela disse, aproximando-se. Ficou de joelhos no banco para ficar mais alta que ele, abriu seu olho com os dois dedos e começou a soprar delicadamente.

— Chega, está bom, Mapy. Obrigado — ele a interrompeu.

Harry ficara perturbado, mas ela não percebeu e recomeçou a falar enquanto ele continuava pensando nela daquele jeito, tão próxima. Ele sentiu o perfume dela e experimentou uma emoção que confundiu seus pensamentos.

— Está me ouvindo? — Mapy o observava com a cabeça inclinada.

— Há? Desculpa, o que você estava dizendo?

— Onde você estava?

— Aqui... e não queria estar em nenhum outro lugar. — Ele a encarou por um longo instante, depois acrescentou: — E aí, quando vamos fazer os cannoli sicilianos?

Eles ficaram no mirante mais uma hora, e em seguida ele a levou para casa. Quando parou diante da casa de Mapy, antes de descer do carro, ela se virou para se despedir.

— Eu me diverti muito com você hoje. Obrigada, Harry.

— Eu também me diverti. Muito.

Eles se olharam nos olhos. O coração de Mapy bateu mais rápido, enquanto Harry estendia lentamente a mão e tocava o rosto dela. Ele gostava daquela garota, mas não queria se precipitar.

— Amanhã de manhã a gente se vê. Boa noite.

— Boa noite.

Mapy abriu a porta e entrou, fechando-a depois. Não tinha chegado nem ao fim do primeiro lance de escadas quando ouviu baterem delicadamente na madeira.

— Mapy, abre.

Era tarde e Harry a chamava baixinho para não incomodar.

Quando ela abriu, o sorriso morreu em seus lábios.

— Mas o que você está fazendo aqui?

Era Z. Ela tentou fechar a porta, mas ele avançou um passo para impedi-la.

— Eu estava te esperando. Quem era aquele cara?

— Não é da sua conta. Agora vá embora.

Mas Z. entrou. Parecia bravo e cansado. Mapy cruzou os braços, levantou o queixo e devolveu o olhar: ela também estava cansada e brava.

— Estou aqui desde as cinco e meia! São dez horas! Onde é que você estava?

Mapy olhou para ele, atônita.

— Talvez você não tenha entendido uma coisa: eu não te devo nenhuma explicação! E também não te pedi pra vir. Boa noite!

— Eu falei com as Wiston, com seu tio John e todos me adoraram. Só você ainda continua resistindo.

— Mas você é arrogante mesmo. Quer me deixar em paz? Não tenho interesse em você.

— Mas eu tenho interesse em você.

— Você parece um menino mimado de quem tiraram o brinquedo. O que te incomoda é o fato de eu te rejeitar, mas você quer me fazer acreditar que sente algo por mim. O que você acha, que eu sou idiota?

— Você acha que sabe de tudo. Você não tem ideia de quem eu sou, não sabe nada de mim e mesmo assim teima em não falar comigo, quando na verdade eu não te fiz nada.

— Eu te acho antipático!

— Por quê?

— Não tem um porquê! Não fui com a sua cara desde o começo.

— Já você... me agrada muito.

Com um movimento rápido, Zayn a segurou pela cintura e pousou os lábios sobre os de Mapy, que levou alguns instantes para entender o que estava acontecendo.

Z. a estava beijando. De novo?

Isso era inadmissível!

Ela ficou alguns segundos imóvel, com os olhos abertos, inspirando o perfume dele, enquanto ele a beijava com paixão. Ela sentiu uma estranha sensação, antes de uma raiva cega lhe fazer perder as estribeiras.

Mapy se afastou com um puxão e deu uma bofetada na cara de Z., produzindo um som seco.

Eles ficaram se olhando por alguns segundos, sem dizer uma palavra. Ambos sem fôlego e com o coração agitado.

— Se você não for embora agora, eu começo a gritar e acordo o quarteirão inteiro! — Mapy falou duramente, enquanto lágrimas de raiva brotavam de seus olhos.

Zayn nunca quis fazê-la chorar.

— Mapy... Mapy... eu...

Ela o empurrou para fora e fechou a porta, enquanto ele continuava chamando por ela em voz baixa. Ela subiu para casa. Ainda sentia o gosto de Z. nos lábios, enquanto lágrimas de raiva continuavam a descer pelo rosto. Estava brava com ele. Ela o odiava. Mas também estava brava consigo mesma. Não queria admitir, mas houve um momento em que teve o impulso de corresponder àquele beijo, e isso a deixava confusa. Ele era arrogante, prepotente, mimado e grosseiro, e nem morta ela o levaria em consideração!

* * *

— Quantas?

— Quarenta e seis.

— Inacreditável...

— Acho que ele é louco.

— Sim, louco por você.

— Não, o que dói é ele não conseguir o que quer.

— Entendi, mas me parece um pouquinho exagerado.

Hugo tinha ligado para ela lá pelas sete e meia da manhã. Mapy lhe contou tudo num só fôlego, sobre Z. e a surpresa na confeitaria, sobre Harry e a tarde maravilhosa que passaram na praia, sobre a cena no quiosque, e terminou de novo com Z., que ficou por quase cinco horas esperando-a na frente da casa dela, o que fez com que ele perdesse a cabeça.

— Mas você percebe, Hugo? Ele acha que pode me beijar quando bem entender. É muito atrevimento.

Z. havia lhe mandado quarenta e seis mensagens, que chegaram juntas assim que ela ligou o celular, desligado desde a tarde anterior.

— Eu odeio esse cara. Ele não larga do meu pé, porque acha que é ele quem deve ganhar a parada.

— Talvez não... Você já pensou que ele pode estar mesmo a fim de você?

— Alguém que se importa com a gente não age como ele. É um verdadeiro troglodita. Ele me tira o sono.

— E isso não te diz nada? — perguntou Hugo, inocentemente.

— Para com isso! Não entendo por que você está fazendo isso.

— Porque às vezes você nega as evidências.

— E quais seriam as evidências? Vamos lá!

— Que ele está interessado em você e talvez, escuta bem, talvez você não seja exatamente indiferente a ele... Caso contrário, por que ficaria tão irritada? Quando fala dele, você entra em parafuso. Exatamente como acontece com o Harry, só que ao contrário.

Mapy ficou em silêncio.

— Vai pro inferno, Hugo! Você e suas teorias mirabolantes. Eu não gosto dele, não tenho interesse nele, não quero ver e muito menos falar com ele... Ele pode me mandar todas as mensagens do mundo que eu não vou mudar de ideia.

— Mas o que ele escreveu em quarenta e seis mensagens? Estou curioso! Ou o assunto Z. está proibido?

— Espera, vou ler algumas.

Hugo sorriu do outro lado da linha. Mapy era teimosa e orgulhosa e insistia em colocar um muro entre ela e esse misterioso Z., mas ele tinha certeza de que ela não era completamente indiferente como continuava dizendo. Se fosse assim, já teria apagado as mensagens dele e não teria gastado mais do que dois minutos para fazer isso. Hugo a conhecia desde o jardim de infância e não estava enganado. Mapy era cheia de paqueras e, se um garoto não lhe interessava, ela não o levava em consideração, nem se ele fizesse coisas malucas por ela. Mas nos últimos três dias ela falava sem parar tanto de Harry quanto de Z.

— Espera, vou pôr no viva-voz, assim eu consigo ir passando as mensagens. Está ouvindo?

— Sim. Pode falar.

— Bom, tem pelo menos uma dúzia dizendo que ele ainda está na frente do meu carro e mais algumas com vários emoticons. Depois, às 18h45: "fui até a confeitaria e falei com o seu pai, simpático"; 19h04:

"não é seu pai, é seu tio john! batemos um bom papo. na verdade ele me fez um interrogatório!"; 19h08: "então vc mora aqui em cima da confeitaria. ótimo! daqui eu não arredo pé. vc vai ter que voltar pra casa + cedo ou + tarde"; 19h30: "estou pensando em vc. onde vc está, mapy?"; 19h46: "vou até a confeitaria comer alguma coisa. vc está me matando de cansaço"; 20h07: "a srta. wiston é meio gagá? acho que ela não me reconheceu"; 21h: "são 9h. estou tão cansado que estou vendo em dobro. vi DUAS srtas. wiston saindo da confeitaria"; 21h01: "não estou vendo em dobro! são duas e são idênticas! foi por isso que ela não me reconheceu"; 21h15: "onde vc se meteu?"; 21h30: "seu tio fechou a loja".

Mapy fez uma pausa, depois continuou:

— Escuta isso, Hugo, olha que metido: 21h45: "vc é orgulhosa e teimosa mas eu sou + cabeça-dura que vc. se acha que vou parar ou desistir, está redondamente enganada". Hugo, eu tenho vontade de matar esse cara. Que raiva!

— Fala com ele, dá pelo menos uma chance.

— Não mesmo.

— Tudo bem, tudo bem. Continua. O que mais está escrito?

— 21h53: "tenho certeza que vc fez uma ideia completamente errada de mim"; 22h03: "parou um carro com duas pessoas bem na frente da confeitaria e não vejo + nada"; 22h04: "estão conversando? não sei e não me interessa... talvez até chamem a polícia pensando que eu sou um voyeur. vão me pôr na cadeia por culpa sua. vc não se sente culpada?"; 22h05: "mas é vc que está no carro? caramba, não vejo nadinha!!!"; 22h06: "é vc!!! com quem vc está???"; 22h06: "isso já é demais!!! sai desse carro!!! agora!"

Mapy fez outra pausa.

— E aí tem as mensagens que ele mandou depois que me roubou o beijo. Escuta: 22h15: "desculpa, mapy! de verdade! eu não queria te fazer chorar! me perdoa"; 22h16: "ainda estou aqui embaixo. por favor, responde! estou me sentindo um lixo!"

Hugo a interrompeu.

— Eu não entendi, você começou a chorar na frente dele?

— Não exatamente... Quer dizer, sim. Eu estava tão brava e tensa que saíram algumas lágrimas dos meus olhos e ele viu. Ele se sentiu culpado. Bem feito. Escuta só o que ele me escreveu depois. 22h53: "estou em casa. me xinga, grita comigo, mas diz alguma coisa!"; 00h34: "não consigo dormir! vc não sai da minha cabeça"; 1h17: "vou me desculpar com vc, prometo"; 2h50: "sinto muito, de verdade"; 3h56: "não preguei o olho. vou me matar na academia, assim quem sabe consigo não pensar em vc por um instante"; 5h30: "está amanhecendo. estou fora, no terraço. mapy, não é mais um jogo pra mim... vc é + importante pra mim do que eu pensava. agora vc está brava e eu entendo, mas me dá uma chance de te mostrar que eu não sou quem você imagina". E essa foi a última.

Silêncio.

— Caramba... Eu acho que ele está sendo sincero.

— E eu acho que ele só está com o orgulho ferido. — Mapy olhou para o relógio. — Putz, já é mais de oito e meia! Hugo, preciso descer para a cozinha... Depois eu te ligo.

Ela não tinha se dado conta de que era tão tarde e que Harry chegaria em instantes. Só de pensar nele sentia borboletas no estômago.

Desceu correndo as escadas internas que levavam à cozinha, abriu a porta e entrou com um sorriso radiante no rosto.

— Bom dia — disse alegremente.

Seu tio estava de costas. Ele falava com alguém de quem Mapy só via as calças de ginástica cinza e os tênis brancos. Então Harry já tinha chegado.

— Bom dia. Eu estava justamente falando sobre você com esse seu amigo — disse seu tio quando a ouviu chegando.

Não era Harry. Era Z.

Ele estava parado na frente do tio John, com um muffin na mão. Então a olhou nos olhos. Via-se que ele não tinha pregado o olho a noite inteira. Alguma coisa no olhar dele a atingiu: incerteza, talvez? Não era típico dele, mas Zayn parecia intimidado.

Que cara de pau, pensou Mapy.

— O que você está fazendo aqui? — ela perguntou duramente.

— Seu amigo veio te procurar ontem à noite também. Nós batemos um bom papo, não é, Zayn?

— Ele não é meu amigo — explicou Mapy, arrancando um sorriso do tio, que fez um sinal para Mark. Os dois sumiram dali.

Mapy esperou que desaparecessem, depois se dirigiu a Zayn, procurando pôr na voz toda a frieza de que era capaz.

— Finalmente fiquei sabendo o seu nome. Eu achava que era Trump ou Rockefeller... mas é só Zayn...

— Zayn Malik — disse ele, estendendo a mão para ela.

Mapy a apertou.

— Adeus, Zayn Malik — disse, largando a mão dele e seguindo para a mesa de trabalho.

Mas ele a alcançou.

— Mapy! Escuta! Eu sei que você me acha um idiota...

— Ah, você entendeu? Muito bem! Então não é tão burro como parece.

Zayn sorriu.

— Gosto mais ainda de você quando me xinga.

— Você já me falou isso. Você é um chato. Inventa outra.

Ele riu da frase e achou que ela também ria disfarçadamente, mas que estava se segurando para não lhe dar o gostinho.

Mapy decidiu novamente dar um gelo nele e ignorá-lo, mas quase não conseguia fazer isso, o que lhe incomodava mais ainda.

Ela estava colocando farinha na mesa, e ele estava a seu lado, olhando para ela. Ela levantou a cabeça e parou.

— Você não tem mais o que fazer? Um trabalho? Uma família? Tem que ficar aqui? Eu preciso tra-ba-lhar!

Ele sujou um dedo na farinha e tocou a ponta do nariz dela, depois se inclinou rápido como uma flecha e lhe deu um beijo na bochecha.

Três! Dois e meio, para dizer a verdade.

Mas que atrevido, arrogante, metido!

Mapy pegou um punhado de farinha e jogou nele, fazendo levantar uma nuvem branca que se espalhou em volta. Ele tentou se esquivar, mas foi atingido bem no peito. Obviamente ele respondeu ao ataque pegando também um punhado de farinha, que atirou na direção dela. Eles começaram a jogar farinha um no outro, sujando tudo em volta. Zayn ria como criança, enquanto Mapy ficava cada vez mais brava com ele... e também consigo mesma... porque estava se divertindo.

Eles estavam completamente brancos, e ao redor parecia que tinha passado um furacão.

— E agora, quem vai limpar essa sujeira? Viu o que você fez? — Mapy se esforçava para manter um tom sério.

— Na verdade foi você quem começou. — Zayn se aproximou dela e soprou seu rosto. — Você está parecendo algodão-doce — disse com doçura e novamente se inclinou sobre ela.

Ele estava a menos de um centímetro dela, olhando-a nos olhos, enquanto Mapy era dominada por uma forte emoção. E não era raiva...

Mas o que há com você, Mapy? Faz alguma coisa!

Ela se afastou dele com o coração na boca.

— Quer parar de ficar sempre em cima de mim? — disse, esforçando-se para parecer brava.

— Não! — ele respondeu sorrindo.

Que atrevido, ela pensou.

— Vá embora! Vá! Você precisa ir. Desaparece da minha vida. Não quero mais te ver!

— Tudo bem, tudo bem. Eu vou embora, mas eu volto... Agora, você pode achar estranho, mas é verdade, tenho um compromisso de trabalho.

— Claro, trabalho! Com certeza vai ser cretino profissional em algum lugar. Mas enfim, não é da minha conta. Você só precisa ficar longe de mim, entendeu?

— Por que você tem medo de gostar de mim?

— Eu vou ter que desenhar? Zayn Malik, você não me interessa. Não sei o que fazer com alguém que se acha em cima de um pedestal, arrogante, prepotente, imaturo, uma criança mimada como você. E agora RUA!

Ele saiu rindo, enquanto ela, vermelha de raiva, começava a limpar tudo em volta, com um turbilhão de pensamentos passando pela cabeça.

Você é uma idiota! Mas o que está acontecendo com você? Será possível que não consegue pôr um freio naquele garoto? Ele é um desaforado, e você ali, olhando o cara nos olhos enquanto ele quase te beijava de novo?

Mas ontem à noite eu dei um tapa nele...

Imagina! Um tapa contra dois beijos e meio, e agora faltou pouco para você se jogar nos braços dele.

Não é verdade! É que ele sempre me pega desprevenida.

Tem certeza? Porque me pareceu que o jeito dele não te desagradava.

Não. Não é verdade. Ele não me agrada. Zayn Malik, você quer guerra? Então é guerra que vai ter. De agora em diante vou ser uma pedra. Você não me interessa e nunca vai me interessar!

* * *

Ela mal tinha acabado de limpar tudo e Harry entrou na cozinha.

— Oi, Mapy... O que aconteceu?

— Oi, Harry.

Ela o cumprimentou com um sorriso e se olhou no reflexo da janela: ainda estava coberta por um véu de farinha.

— Nada — tentou minimizar. — Um pequeno incidente brigando com alguém — completou, mas se arrependeu logo em seguida.

— Você brigou? Foi aquele cara de ontem de manhã, não foi? Ele voltou? Mas quem é ele e o que quer com você, afinal?

— Não é ninguém e não quero falar disso — ela respondeu, encerrando o assunto e mudando o rumo da conversa. — Bom, hoje vamos fazer chantili e preparar algumas tortas.

Ela sorriu de novo para ele, mas Harry pressentiu que havia algo errado. Quem era esse garoto? Ela disse que nem o conhecia, no entanto o encontrou dois dias seguidos. Mil perguntas passavam por sua cabeça; ele precisava saber o que estava acontecendo.

— Quando a gente fala desse cara, você sempre muda de assunto. Por quê? — perguntou sem rodeios.

Mapy continuou a pôr os ingredientes na máquina e não respondeu. Ele se aproximou e a pegou pelo braço, obrigando-a a olhar para ele.

— Por quê? Por que você não quer falar sobre isso?

— Eu já disse, Harry, eu mal conheço o cara. É só um garotinho mimado que acha que pode ter tudo que quiser, e agora está obcecado por mim, tentando de qualquer maneira me... me...

— Me? Me o quê?

Me beijar.

Mas ela não podia dizer isso a ele.

— Me conquistar... eu acho... mas do jeito mais errado possível. Ele me dá nos nervos. Eu não suporto! Só de ver esse garoto eu já fico nervosa, mas ele insiste e não quer saber de me deixar em paz.

A expressão de Harry se endureceu.

— Me diz como ele se chama e eu vou falar com ele. Assim ele não te incomoda mais.

— Eu não sei como ele se chama — mentiu Mapy. Ela não queria mentir, mas também não queria que Harry se envolvesse naquela história. — Agora podemos começar a trabalhar? — disse alegremente, para deixar o clima mais leve.

Harry a olhou por um longo instante.

Mapy estava diante dele, com uma fina camada de farinha sobre as roupas e os cabelos, linda e sorridente. Alguma coisa dentro dele se derreteu como neve ao sol.

— Às ordens, capitã! — ele respondeu, batendo continência.

Mapy sentiu uma onda de felicidade, se aproximou dele e lhe deu um beijo na bochecha, fugindo em seguida para a despensa. Foi apenas um beijo suave, mas lhe provocou tamanha perturbação que ela não conseguia falar. Harry a olhou surpreso e depois começou a trabalhar.

Mapy voltou à cozinha poucos minutos depois, e eles mergulharam na preparação das tortas.

Ela o ensinou a bater o creme de leite fresco e a preparar o creme de confeiteiro, depois uniu as duas bases para fazer o chantili, colocando essências e lascas de chocolate. Harry a observava com atenção. Queria aprender o máximo que pudesse.

— Você precisa bater os ingredientes com um batedor grande, misturando de baixo para cima para incorporar o ar. Assim o creme fica mais leve e espumoso.

O chantili estava pronto. Mapy pegou uma colherinha e provou, oferecendo logo depois a Harry.

— Gosta? — ela perguntou.

Ele olhou para ela.

— Gosto de você — respondeu.

Eles ficaram se olhando e tudo em volta deles pareceu parar. Lentamente se aproximaram. Estavam a poucos centímetros, os lábios quase se tocando, um perdido no olhar do outro.

— Mapy! Veja que lindas flores chegaram para você.

A srta. Wiston, uma das duas, trazia nas mãos uma magnífica cesta de rosas vermelhas. Estava visivelmente emocionada, como se fossem endereçadas a ela.

Mapy e Harry se afastaram bruscamente, ambos corados. Ainda confusos, olharam para a srta. Wiston sem entender.

— As flores. Chegaram para você. Não são lindas? Quem será que mandou? Veja, aqui está o cartão — disse ela.

— Obrigada, pode deixar ali — respondeu Mapy.

Contrariada pela curiosidade não satisfeita, a srta. Wiston se virou e voltou para a loja.

Harry estava tenso. Ele olhou para as flores e depois para ela.

— Não está curiosa pra saber quem te mandou as flores? — ele perguntou, mas na verdade quem estava curioso era ele.

— Acho que eu sei quem foi — ela respondeu, quase murmurando.

Eu também acho que sei, ele pensou.

Mapy estava parada olhando o arranjo, com o olhar perdido e distante.

Em quem ela está pensando? Nele? Droga, NÃO!, refletia Harry. Mapy pegou o cartão e leu:

> Desculpa.
> Pelo estacionamento.
> Pela praia.
> Pelo beijo roubado... o primeiro, o segundo e o terceiro... Mas te beijar é a única coisa que eu faria de novo, mais mil vezes...
>
> Z.

Ela sorriu instintivamente, recompondo-se logo depois, como se Zayn estivesse ali e ela não quisesse lhe dar a satisfação.

Releu o bilhete mais duas vezes.

Harry a observava em silêncio.

* * *

Sun Place News

VIPs EM SUN PLACE?

Parece que algumas moças notaram um jovem de boa aparência, muito parecido com um famosíssimo cantor, cujo nome não podemos mencionar no momento, andando pelas ruas do centro.

É um sósia ou a nossa acolhedora cidadezinha está sendo secretamente frequentada por famosos e incógnitos?

Vocês logo vão descobrir, nos próximos números do *Sun Place News*!

O AMOR ESTÁ NO AR!

Todo mundo sabe que as garotas de Sun Place são as mais bonitas da Inglaterra, mas hoje uma das nossas pérolas foi presenteada com um maravilhoso arranjo de flores... rosas vermelhas...

Fontes bem informadas disseram que o rapaz que mandou as flores não é daqui, é um lindo moreno e que provavelmente foi fisgado com "doçura".

Quem será a nossa cortejadíssima cidadã?

MODELO DO ANO

A srta. Alana Wiston participou com sucesso da seleção do Top Model do Ano. A esplêndida jovem, que recentemente mudou o corte de cabelo, ficou entre os primeiros lugares na seleção londrina, garantindo o acesso à seleção nacional. Boa sorte, Alana! Eleve o nome de Sun Place!

* * *

— Mapy! Você leu o artigo do sr. Bredford?

— Perdi a última fofoca sobre as novas unhas da esposa do prefeito?

— NÃÃÃO! Está falando do Niall!

— Como assim, do Niall? — perguntou Mapy, preocupada.

— É, o Bredford escreveu no blog dele sobre a presença de VIPs incógnitos em Sun Place. Um cantor muito famoso. Foi a Alana, tenho certeza.

— Megan, fica calma. Não acho que a Alana reconheceu o Niall. Fofoqueira como ela é, já teria feito um escândalo... Não, ela não reconheceu, tenho certeza. Talvez mais alguém tenha visto o cara e notado a semelhança. De qualquer modo, precisamos tomar cuidado.

— A nota fala de algumas moças... Estou lendo de novo...

— Também estou acessando pelo iPad. Pronto, entrei.

Mapy deu uma olhada rápida nas últimas notícias publicadas por Bredford.

— Mas como é possível? — Ela ficou desconcertada.

— Não sei, Mapy. Não consigo imaginar uma explicação.

— Não estou falando de você, mas de mim!

— Você? O que você tem a ver com isso?

— A nota "O amor está no ar"... Sou eu! Mas que droga! Como ele ficou sabendo disso? Aconteceu hoje de manhã e já está no blog. Tenho certeza que as Wiston deram a pista.

Megan leu as poucas linhas de que Mapy falava.

— Foi você que recebeu as rosas?

— Sim.

— Uau! E quem mandou? Não ia me contar nada?

— Não tive tempo.

— Mas quem mandou as flores? É bonito? Eu conheço? Como se chama?

— Não é ninguém. É um cara que eu conheci por acaso, aliás, briguei com ele por acaso no sábado à tarde, antes de ir pra sua casa.

— E por que você não me contou nada?

— Porque você já estava superansiosa por causa das suas coisas, imagina se eu ia te contar da briga com esse cara.

— Tudo bem, mas agora me conta tudo.

Mapy contou rapidamente, fazendo pouco caso do "encontro do contra" com Zayn na praia e como ela o tinha visto de novo na frente da casa dela. Falou sobre o bilhete e a troca de mensagens. Foi breve e concisa e usou um tom de desprezo forçado.

— Mas eu não estou interessada nele. É antipático e arrogante.

Ela também contou para a amiga a respeito do encontro marcado só por ele na confeitaria e do modo como ele a tinha beijado, pegando-a de surpresa, e também dos outros beijos.

— Mapy, tem uma coisa que eu não entendo. Como ele conseguiu te beijar três vezes sem que você quisesse?... Parece meio estranho.

— Além do fato de que foram dois beijos e meio, você também vai começar? Ele me roubou os beijos. Eu jamais sonharia beijar um troglodita como aquele.

— Mas ele foi muito gentil mandando as flores, e o cartão é meigo... Vai, ele pediu desculpa, quem sabe você não pode dar uma chance pra ele... ou não?

— Mas por que você e o Hugo insistem nisso? Eu disse NÃO e é NÃO! Além do mais, eu gosto de outro.

— Outro? Como assim, outro? De onde ele saiu? Até sexta-feira não tinha nada de novo no horizonte. Basta um fim de semana e você não só acha alguém que te agrada, mas também outro que te paquera apaixonado. Não posso te deixar sozinha!

Mapy sorriu.

— Ele se chama Harry e é o substituto que a agência me mandou, lembra? O aprendiz de confeiteiro.

— E como ele é?

— Gosto bastante dele...

— Mas?... Por que eu sinto que tem um "mas"?

— Não tem nenhum "mas"!

— Não adianta ficar brava, Mapy Marple. Eu te conheço. Você não me engana. Tem um "mas", só não sei por que você não quer admitir... Será que tem a ver com o cara das flores?

Mapy não respondeu.

— Então? — insistiu a amiga.

— Então o quê? Megan, eu estou a fim do confeiteiro, não do troglodita.

— Tudo bem, tudo bem. Deixa pra lá... Mas vamos voltar a falar disso depois. Agora preciso decidir o que fazer. Você acha que eu devo contar pro Niall sobre o artigo do Bredford?

— Acho. Fala pra ele ficar mais atento e talvez usar um disfarce. E ontem, como foi? Aonde vocês foram?

— Fomos passear de barco. Só nós dois, numa lancha que parecia um iate. Nos divertimos muito.

Megan contou para a amiga sobre o lindo domingo que passou com Niall, por quem já estava irremediavelmente apaixonada.

— E hoje à noite vamos sair de novo. Aliás, precisamos decidir como vamos nos fantasiar na sexta-feira. Você já decidiu?

— Sinceramente, não. Na última hora eu decido. Então o Niall vai?

— Ele disse que sim! Vai usar uma máscara, e vai ser ótimo estar com ele no meio de todo mundo, ficar de mãos dadas, abraçar e beijar como se ele fosse um garoto qualquer. Não vejo a hora.

O Festival de Verão era o evento mais importante da estação na cidadezinha: uma festa na praça, com barracas, música e espetáculos, que durava o fim de semana inteiro, começando na sexta-feira à noite com um desfile de carros alegóricos pelas ruas do centro. A tradição exigia que todos, sem exceção, fossem fantasiados, mas muitos optavam apenas por uma máscara ou uma maquiagem bem vistosa. No ano anterior, Mapy tinha se fantasiado de Chapeuzinho Vermelho, com um vestido feito por ela, mas agora faltavam apenas quatro dias para a festa de abertura e ela ainda não tinha a menor ideia do que usar.

Mapy continuou conversando com a amiga por alguns minutos, depois voltou ao trabalho. Harry tinha ido embora e ela estava de novo a sós na cozinha.

Depois do momento mágico daquela manhã, após a chegada das flores, ele tinha ficado sério. Eles conversaram e trabalharam como de costume, mas havia algo diferente nele.

Ela pensou muito, depois lhe perguntou:

— Harry, está tudo bem?

— Por quê? — ele respondeu candidamente.

— Não... nada... É que... você parece um pouco distante.

— Distante do quê?

Mapy não respondeu.

— Ou seria de quem? — ele acrescentou, quase para si mesmo, enquanto um sorriso surgia em seus lábios.

Harry tinha feito isso de propósito. Ele continuou trabalhando normalmente e conversou de tudo um pouco com ela, mas não com a espontaneidade de sempre.

— Deixa pra lá... — ela minimizou, mudando de assunto.

Mapy estava confusa e não conseguia entender. Ela não parava de pensar naquele momento em que os lábios dos dois quase se tocaram. Se as flores de Zayn não tivessem chegado, eles certamente teriam se beijado. Mas depois ele ficou distante, o que a deixou ainda mais confusa. Como se não bastasse, a lembrança de Zayn e do instante em que ele a fitou intensamente, enquanto o rosto deles estava próximo, também a atormentava. Com ele também tinha estado a ponto de...

... de quê? De quê? Você não está a fim do Zayn! Nem um pouco. Entendeu? Enfia isso na cabeça. É só o Harry. Só ele.

Harry era um cara incrível, e, cada vez que ela o via, começavam a voar borboletas em seu estômago. Mas da mesma forma, quando ela viu Zayn naquela manhã, teve uma estranha sensação... O caos reinava em seus pensamentos e em seu coração. Melhor preparar um pouco de massa folhada e fazer uns biscoitos.

* * *

— Desculpa, Mapy, não entendi bulhufas. Pode repetir?

— Eu beijei o Zayn.

— Como assim? Você não gostava do Harry? E, principalmente, não era você que não suportava esse garoto? Até hoje de manhã você dizia que sentia ódio por ele. Eu sabia! Eu sabia! — disse Hugo, com uma ponta de triunfo.

— Não é o que você está pensando... Foi só um momento de fraqueza.

— Fraqueza, você? Quem você está tentando enganar? Você beijou o Zayn porque estava a fim.

— Não é isso!

— Você continua afirmando que não está a fim dele?

— Sim. Não estou.

— E desde quando você beija garotos de quem não está a fim? Desde que eu te conheço, há mais de dezesseis anos, isso nunca aconteceu.

Mapy tinha ligado para Hugo assim que voltou para casa. Ela precisava falar com alguém de qualquer jeito, e Megan tinha saído com Niall.

Depois das cinco, Mapy foi à praia, a mesma prainha nos arredores de Sun Place.

O sol estava quase se pondo. Ela estava deitada na areia e olhava o céu mudando de cor, quando, de repente, alguém literalmente se jogou a seu lado, levantando uma infinidade de pedrinhas e areia e fazendo com que ela levasse um susto.

— Ei! Mas que droga!

Ela se levantou bruscamente e se viu diante de Zayn, que também se levantou.

Ele olhava para ela com um sorriso iluminado no rosto.

— Princesa. Você está linda!

— Mas que diabos você está fazendo aqui? — ela perguntou, aborrecida.

— Seu tio John me disse que você tinha vindo até a praia e eu vim direto pra cá. Não via a hora de te ver.

— Agora já me viu. Está feliz? Então pode ir embora. Não quero falar com você.

— E pra onde você quer que eu vá?

— Pro inferno.

— A praia é pública, não?

Ela o olhou com arrogância.

— Tudo bem. Como quiser. Eu mudo de lugar.

Ela pegou suas coisas e se afastou alguns metros, enquanto ele a observava com um ar de diversão.

Mapy ajeitou a toalha na areia e se deitou de bruços, virando a cabeça para o outro lado.

Zayn esperou alguns segundos, estendeu sua toalha branca ao lado da dela e se deitou também.

Mapy levantou levemente a cabeça e se virou na direção dele.

— Qual é a graça? Você se diverte me deixando com raiva?

— Sim.

— Você é um idiota.

E virou o rosto para o outro lado, decidida a ignorá-lo.

Em seguida, ouviu quando ele se levantou e se jogou na água. Logo depois, ele voltou e se deitou novamente a seu lado. Ela percebeu alguns barulhinhos, apesar de não entender o que ele estava fazendo, até que sentiu cheiro de cigarro.

Então se virou para ele e o olhou, aborrecida.

— Se você quer se envenenar, pode pelo menos fazer isso longe de mim?

— Te incomoda? — Zayn perguntou, apontando para o cigarro que segurava entre os dedos.

— Sim.

— Então vou apagar.

— Não! Não precisa. Eu vou embora. De qualquer jeito, eu sei que você não iria me deixar em paz. É melhor voltar pra casa.

Zayn apagou o cigarro, o jogou em uma caixinha que tirou do jeans e a olhou sorrateiramente.

— Vai... Pode ir... Só que você não vai conseguir...

— E por quê? — ela perguntou, levantando abruptamente a cabeça.

— Porque eu bloqueei a sua saída com o meu carro... Se eu não tirar meu carro de lá, você não pode ir pra lugar nenhum. — Zayn olhava para ela vitorioso.

Mapy deu um pulo e ficou em pé.

— Eu poderia te encher de tapas, de tanta raiva que sinto de você — disse, furiosa.

— Faz isso... Estou aqui... Coragem, bate! Quem sabe assim você descarrega e decide falar comigo.

Ele também se levantou e ficou diante dela com as mãos erguidas em sinal de rendição.

Mapy não precisou que ele repetisse. Começou a encher o peito dele de socos e a lhe dar chutes nas pernas, mas as pancadas não pareciam nem arranhá-lo. Continuou por vários segundos, descarregando toda a sua frustração. Com os golpes, a pele de Zayn ficou vermelha. Ela sabia que o havia machucado, mas ele nem pestanejou. Ficou parado, com os braços erguidos, deixando que ela descarregasse a raiva.

Por fim, Mapy parou. Com os braços ao lado do corpo, a raiva aplacada, o olhar baixo e os olhos úmidos.

Ele ergueu o queixo dela com o dedo e a olhou com ternura. Ele nunca tinha olhado para ela assim antes. Mapy era incapaz de dizer ou fazer qualquer coisa. Então ele se inclinou sobre ela e a beijou, apertando-a contra si, enquanto ela respondia àquele beijo tão doce que anulava qualquer pensamento.

* * *

— E daí? O que aconteceu?

Hugo não se aguentava mais. Parecia que ele estava acompanhando uma novela cheia de acontecimentos dramáticos. Mas aquilo não era ficção. Era a vida de sua melhor amiga.

— E daí nada. Continuamos nos beijando até que o sol se pôs.

— Mas o que ele te disse? O que você disse a ele?

— Não sei! Eu fiquei completamente tonta. Ele beija tão bem!!! Que confusão! Eu me meti numa confusão horrorosa. Não sei mais o que pensar. Não sei nem se estou mesmo a fim dele.

— Isso você só vai entender estando com ele. Talvez seja só fogo de palha, mas também pode ser que ele seja o seu príncipe encantado.

— Ele me chama de princesa... Quando nos despedimos, ele me disse: "Eu gosto mesmo de você, princesa".

— Será possível que você não disse nada a ele?

— Não! Eu fiquei completamente atordoada. Quando escureceu, eu disse que precisava ir pra casa e a gente voltou até a praça onde os carros estavam parados. Então nos beijamos de novo e depois eu fugi.

— E ele não te disse coisas do tipo: quero te ver de novo, vou te ligar, casa comigo?

— Não. Não me disse nada. Mas tenho certeza que vai me encher de mensagens.

— E o confeiteiro?

Harry. Ela tinha se esquecido completamente dele, mas só de pensar seu estômago se contorceu.

— Eu gosto muito dele. Tenho certeza disso. Hoje de manhã a gente quase se beijou, mas a srta. Wiston interrompeu. Tenho certeza que ele gosta de mim... Ele me deu a entender, mas depois mudou de atitude.

— Como assim?

— Ele parecia distante, indiferente... sei lá!

— Talvez ele só estivesse preocupado.

— Não... Ele ficou distante mesmo, como se não estivesse nem aí. Continuamos conversando a manhã toda, mas ele não estava mais como antes. Não entendo. Preciso pensar, Hugo. Estou muito confusa. Gosto muito do Harry, mas agora também tenho que encarar esse lance com o Zayn... Mas não agora, estou muito cansada e vou pra cama.

Mapy tomou um banho, preparou um sanduíche e foi dormir, não sem antes dar uma olhada no celular.

Nenhuma mensagem.

* * *

Mapy dormiu pouco e mal. Quando amanheceu, se arrumou e desceu para a confeitaria. Antes, porém, ligou o celular. Parou na escada, esperando que o aparelho terminasse de conectar, para checar as notificações de mensagens.

Nenhuma mensagem.

Ficou decepcionada.

Uma vozinha dentro dela dizia: "Você sabia, não é?", mas ela não queria escutar.

Não queria pensar no significado daquele silêncio por parte de Zayn.

Era melhor se concentrar no trabalho.

Encontrou o tio, que, como sempre, já tinha preparado algumas coisas. John logo percebeu que pairavam grandes nuvens negras e ameaçadoras sobre sua sobrinha.

— Oi, querida. O que houve?

— Humm.

— Isso significa "Me deixa em paz, tenho problemas amorosos e não quero falar disso"? — A frase conseguiu lhe arrancar um sorriso. — Me deixe adivinhar: é por causa do Zayn?

Mapy assentiu instintivamente: seu coração respondeu antes que o cérebro. As enormes nuvens estavam cada vez mais densas, e ela se obrigou a tirar Zayn do pensamento. O silêncio dele a deixava muito mal. Ela se sentia ferida no coração e no orgulho. Começou a quebrar alguns ovos em uma tigela de metal.

— E você não quer falar... — seu tio continuou.

— Não.

— Como quiser. Mas podemos falar de trabalho?

Mapy se deteve, enquanto ele se aproximava, bagunçava seus cabelos e a envolvia num abraço, sem fazer mais perguntas. Falaram dos doces que tinham de ser feitos, e Mapy, como de costume, colou vários post-its na parede em frente às mesas. O tio lhe avisou que precisava sair para tratar de um trabalho importante.

— Que trabalho, tio?

— Um aniversário. Doces e bolo para umas cem pessoas... acho que para sábado que vem. Daqui a pouco tenho um encontro para definir os detalhes e depois precisamos nos organizar. De qualquer modo, a Lisa volta na sexta-feira.

— Finalmente, não vejo a hora... Sinto falta da mamãe.

Mark também chegou e, pouco depois das oito, os dois foram embora.

Harry apareceu logo em seguida. Mapy não o ouviu entrar. Estava lendo o livro de receitas da confeitaria enquanto mordiscava um lápis.

Ele a observou em silêncio.

Com a chegada do sucesso, tivera dezenas de namoradas e, mesmo antes de se tornar uma pessoa pública, nunca tivera dificuldade para arrumar um encontro, mas nunca havia se sentido verdadeiramente envolvido. Agora, com Mapy, era diferente. Pensava nela sem parar e tinha dificuldade em se conter: morria de vontade de beijá-la, apesar de até aquele momento ter se obrigado a se controlar. No início, ele achou precipitado e teve medo de que ela o rejeitasse, depois o garoto das rosas surgiu e Mapy nunca quis falar dele de verdade. Harry não sabia ao certo o que havia entre eles e o que ele mesmo representava para ela. Sua intuição lhe dizia que entre os dois havia alguma coisa e que seu interesse por ela era correspondido. Tivera várias confirmações disso: na praia, no quiosque e no dia anterior, quando estavam prestes a se beijar, e teriam feito isso se não tivessem sido interrompidos pela entrega das flores.

Harry sentia que havia uma forte atração entre eles, mas muitas dúvidas o atormentavam.

Tinha até conversado com Louis sobre isso.

— Mas se você está tão a fim dela, vá em frente!

— E se ela me der um fora? Não sei... acho que é muito precipitado. Mesmo tendo vontade de abraçar a Mapy cada vez que olho pra ela, de passar as mãos no cabelo dela, sentir seu perfume...

— Uau! Espera aí, vou anotar... Podemos fazer uma música disso!

— Para, Louis! Eu gosto da Mapy de verdade.

O amigo o escutou com atenção; ele nunca ouvira Harry falar assim de uma garota.

Era sério.

— É mais que uma simples atração física. Eu gosto de tudo nela. O jeito como ela fala, como se movimenta, o que ela diz, como trabalha... Eu nunca me senti assim antes... Quando vejo a Mapy, eu tremo, no verdadeiro sentido da palavra, fico arrepiado. Eu poderia ficar horas olhando pra ela.

— Harry, tenta ser racional. Você conhece essa garota faz três dias.

— Eu sei. Acho absurdo também, mas é como se eu conhecesse a Mapy há muito tempo. Eu sinto isso dentro de mim. E tenho um medo que não consigo controlar.

Louis ficou perplexo.

Harry estava apaixonado.

Restava saber se o amigo tinha consciência disso.

— Mas do que você tem medo? Você é um cara bonito, legal, e ainda por cima rico e famoso... Por que ela te daria um fora?

— Ela não tem ideia de quem eu sou, e tenho certeza que o fato de eu ser rico e famoso não significa nada pra ela. Quando você conhecer a Mapy, vai entender. Ela é completamente diferente de todas as garotas que eu conheci até hoje.

Louis olhou para ele, preocupado.

— Harry, você precisa contar quem é. Quanto tempo você acha que vai levar até ela ver sua foto num jornal qualquer? Estamos em todos os lugares.

— Agora eu não posso, de jeito nenhum. Antes eu preciso entender.

— Mas o que tem para entender? Você está a fim dela, ela está a fim de você. Ponto.

Harry ficou um instante em silêncio.

— Acho que existe outra pessoa.

— Ela tem namorado?

— Não. Ela me disse que não, mas tem alguém que está no pé dela feito doido. Em três dias ela viu esse cara pelo menos duas vezes, e sempre fica perturbada. Ontem ele mandou um buquê de rosas e algumas mensagens pra ela... Ela não me deu explicações, mas tenho certeza que as mensagens eram dele. Não sei como consegui me segurar. Fiquei com vontade de estraçalhar as flores e arrancar o celular das mãos dela. — Ele parou de novo, como se quisesse encontrar as palavras. — Ver o sorriso dela enquanto lia o cartão me deixou muito mal.

— Isso é normal quando alguém é importante pra gente... O nome disso é ciúme.

Harry olhou para o amigo. Ele estava com ciúme?

Sim. Sem sombra de dúvida.

— Então, o que você pretende fazer? Ficar só olhando enquanto o outro rouba o seu lugar bem debaixo do seu nariz? — Louis o pressionou. — Não banca o idiota! Luta por ela! Harry, se você realmente tem certeza que ela é a garota certa, então não perde tempo. Vai em frente, você sabe como conquistar uma garota.

As palavras de Louis ainda ecoavam em sua cabeça.

O amigo tinha razão.

Ele tinha que conquistar Mapy a qualquer custo e acabar de uma vez por todas com seu adversário.

* * *

— Oi — ele disse quase sem voz.

Ela ergueu os olhos.

— Oi, Harry.

Um raio de luz.

Eles estavam de frente um para o outro e se olhavam nos olhos. Havia uma estranha eletricidade no ar.

Mapy sentiu novamente aquela forte emoção que lhe atormentava o estômago cada vez que o via.

— Você parece cansada — disse ele, acariciando-lhe o rosto.

Ela não conseguia falar. Ele mal a tinha tocado, e ela entrou em parafuso.

Ela estava muito a fim dele, e, se ele a tocasse de novo, seria ela quem o beijaria. Não tinha dúvida. Era melhor se afastar.

— Eu dormi pouco... — ela respondeu, virando de costas e pegando uma tigela.

— Em quem você estava pensando? — perguntou Harry.

Em você e depois no Zayn... e depois de novo em você!

— Nos doces que precisamos fazer hoje — ela respondeu animada.

A tranquilidade estava voltando, e Mapy se virou sorrindo para ele, enquanto a caneta com a qual tinha prendido os cabelos na nuca escorregava e fazia as ondas lhe caírem sobre os ombros.

Harry deu um passo na direção dela. Estavam novamente bem próximos.

— Você não pode fazer isso — ele disse sério, olhando-a nos olhos.

— Fazer o quê? — perguntou Mapy, confusa.

— Sorrir desse jeito. Você me deixa maravilhado... e aí não consigo me concentrar... Você quer que me demitam?

O coração de Mapy começou a bater furiosamente.

— Não, não quero que te demitam — ela disse, baixando os olhos.

— E por quê? Você sentiria a minha falta?

— Sim — ela respondeu, olhando para ele outra vez.

— Você está fazendo de novo...

Harry tinha colocado a mão entre os cabelos dela e lhe acariciava a nuca ternamente.

— O quê? — perguntou Mapy com um sussurro, enquanto ele se inclinava na direção dela. Estava completamente paralisada.

— Você está me confundindo, e daqui a um segundo não vou mais responder pelos meus atos... — ele sussurrou com os lábios encostados aos dela.

No instante seguinte, ele a beijou.

***

— Como assim, você beijou o Harry?

— Acho que estou apaixonada por ele.

Mapy estava feliz como nunca. No dia anterior, depois do primeiro e maravilhoso beijo que trocaram, eles tiveram de se afastar contra a vontade, porque ouviram uma das srtas. Wiston entrar na cozinha. Mas, assim que ela foi embora, eles se jogaram de novo nos braços um do outro.

Lá pelas dez, tio John voltou e eles não puderam mais trocar carinhos abertamente, mas houve uma contínua troca de olhares e beijos roubados dentro da despensa, atrás das prateleiras ou da porta da geladeira. Eles riam, felizes, cada um imerso no próprio trabalho, mas com uma ideia fixa na cabeça: aproveitar cada oportunidade para se beijarem mais uma vez. Eles trabalharam muito, e a manhã passou rapidamente. Harry foi embora lá pelas três horas. Mapy o acompanhou até o carro estacionado no pátio. Assim que saíram, ele a abraçou por trás e a beijou ternamente no pescoço.

— Não via a hora de poder te abraçar!

Eles se encontraram de novo lá pelas sete da noite.

Quando Mapy saiu pela porta de casa e o viu, seu coração deu um pulo. Estava lindíssimo: usava uma camisa branca de mangas curtas com a gola estreita e jeans. Enormes óculos de grau lhe cobriam parte do rosto, e uma echarpe dava a volta no pescoço.

Ela olhou para ele com curiosidade, e ele disse que estava com um pouco de dor de garganta. Eles primeiro iriam ao cinema e depois comer uma pizza.

A noite foi incrível. Eles assistiram a *Titanic*, um filme de que os dois gostavam, e, enquanto saíam do cinema abraçados, Harry enfiou o rosto no pescoço de Mapy, dando mordidinhas na orelha dela e sussurrando palavras doces.

— Eu gosto da sua orelha, tem um gosto bom... E o seu pescoço é delicioso.

Ela parou e olhou nos olhos dele.

— Você confia em mim? — perguntou, citando a famosa frase do filme.

— Sim — ele respondeu. — E você? Confia em mim?

— Sim — ela sussurrou, enquanto os lábios deles se uniam.

— Estou apaixonado por você, Mapy Marple.

Harry estava emocionado. Ele não estava acostumado a expor seus sentimentos, mas queria que ela soubesse como era importante para ele.

— Eu também estou apaixonada por você, Harry Styles.

* * *

— Como assim, você está apaixonada por ele? E o Zayn?

Hugo estava surpreso. Dois dias antes teria apostado no cavalo de Zayn, e agora Mapy estava evidentemente fascinada por Harry.

— Não tive mais notícias dele... É um capítulo encerrado.
— Como assim, não teve mais notícias dele?
— Hugo, dá pra parar de repetir o que eu falo? Me dá nos nervos.
— Desculpa, você tem razão. Então o Zayn não te ligou? Nem uma mensagem?
— Não — disse Mapy, com frieza na voz.
— Mas será que o celular dele está funcionando?
— Hugo... não seja ridículo.
— Ele vai te ligar, tenho certeza. Tudo bem que já passou um dia, mas talvez ele não tenha conseguido, talvez tivesse um compromisso importante ou tenha ido parar no hospital.
— Ou quem sabe foi sequestrado por alienígenas... Por que não? Tudo é possível.
— É que é tão estranho. Ele fez toda aquela confusão, e agora nada de nada? Deve ter alguma explicação.
— Claro que tem, e acho que é óbvia — ela disse, sarcástica. — Ele é um tremendo de um ca-na-lha!
— Mapy, não seja tão precipitada, espera pelo menos mais um dia... Quem sabe ele te liga ou manda outro buquê de flores?
— Hugo, vamos ser realistas: não existe nenhuma justificativa para ele. Hoje é quarta-feira, são oito e trinta e cinco da manhã, e ele não me mandou nem uma mensagem sequer. Lembra que na segunda-feira ele entupiu meu celular? O que o impede agora de escrever um "Oi, estou ocupado, te ligo quando puder"? A menos que tenham cortado os dedos dele. A verdade é outra e, pode acreditar, não é nem um pouco agradável admitir: ele brincou comigo até conseguir o que queria.
— Tudo por um beijo? — Hugo estava cético.
— Não, não pelo beijo em si, mas por aquilo que ele representava: a minha rendição. Por um instante eu acreditei. Que burra! Não dormi uma noite inteira, convencida de que sentia algo por ele. Você não tem ideia da crise em que eu fiquei. Mas ontem à noite, quando vi que ele não tinha mandado nem uma mensagem, eu entendi tudo.

— Imagino que você esteja brava.

— Não estou brava. Estou furiosa. Com ele, mas principalmente comigo mesma. Ele quis me humilhar, e eu deixei. Eu me deixei iludir por aquele olhar atrevido dele.

— Mas que te agradava.

— Ele me enganou... é verdade... mas eu aprendi a lição.

— E se você encontrar o Zayn de novo?

— Vou ignorar.

— Que pena. Eu acreditei nele e lamento por você.

— Eu fiquei péssima. E ainda não consigo pensar nisso sem sentir uma raiva enorme, mas tenho que admitir: ele brincou comigo e imagino como deve ter rido pelas minhas costas. E isso me faz sentir ainda pior.

— Mas pode ser que tenha outra explicação. Se eu fosse você, esperaria pelo menos até hoje à noite pra tirar conclusões.

— Claro! Quem sabe o meu príncipe encantado volte montado num cavalo branco. Acorda, Hugo! Não quero ver esse cara nunca mais, e eu jamais colocaria em risco a minha história com o Harry por aquele filho da...

— Tem razão, Mapy... Não vale a pena. Ah! Esqueci de te contar uma coisa importante.

— O quê?

— Ontem a Alana apareceu no lava-rápido.

— A Alana? Para lavar o carro?

— Não. Ela disse que estava passando por ali e que queria me falar um oi.

— Mas ela nunca te suportou.

— Exatamente! Mas enfim, agora que ela não tem mais aquele narigão, está mesmo uma gostosa.

— Você gostou? Marca um encontro com ela! Quem sabe vocês ficam noivos...

— Nem morto. Ela me fez dezenas de perguntas sobre a Megan...

Mapy estremeceu. Um sinal de alarme começou a tocar em sua cabeça. Por que Alana estava se intrometendo nos assuntos de Megan?

— E você, o que disse?

— Nada de especial, até porque não sei de nada, já que nem você nem ela me contam o que está acontecendo.

* * *

Alana estava cada vez mais convencida de que Megan tinha um segredo. Ela precisava descobrir de qualquer jeito. Segunda à noite a viu de novo com o mesmo garoto. Aquele cara tinha um rosto conhecido, apesar de ela não conseguir lembrar quem era. Alana estava na frente da casa de Megan, atrás de uma árvore do outro lado da rua, e não era por acaso. De lá tinha uma visão perfeita, e a penumbra das copas a deixava quase imperceptível. Tinha ido para lá mais ou menos às seis da tarde, certa de que, se Megan saísse com aquele garoto misterioso, ele certamente iria pegá-la entre sete e oito. E às sete e meia... bingo! Outro carro de luxo, com vidros escuros, diferente do esportivo de sábado à noite, parou diante da casa dela, e o garoto loiro do qual ela se lembrava desceu. Ele era realmente bonito e estava muito bem-vestido. Ela precisava saber quem ele era de qualquer maneira. Megan saiu pelo portão, e ele lhe deu uma rosa e um leve beijo nos lábios. Depois eles entraram no carro e desapareceram no trânsito. Alana ficou refletindo sobre o que tinha visto. Ele transpirava riqueza por todos os poros: estava vestido com roupas de grife, usava sapatos que deviam ter custado centenas de libras, e o que a deixara mais desconfiada foram os vidros escurecidos e o comportamento dele enquanto entrava no carro. Ele olhava em volta de um jeito cauteloso, como se quisesse se certificar de que ninguém o observava, tanto que ela mesma deu um passo atrás para não ser vista.

Mas quem é você? De onde eu te conheço?, pensava Alana, morta de curiosidade.

Na manhã seguinte, foi à lavanderia com a desculpa de buscar algumas peças e espiou Megan pela vitrine. Ela sorria feliz com o celular na mão, e era evidente que trocava mensagens com alguém. Era o cara do carro de luxo, Alana tinha certeza.

Então entrou sorridente na lavanderia, fingindo estar surpresa por encontrá-la ali.

— Oi, Megan, quanto tempo!

Megan a cumprimentou com educação, mas de um jeito distante. Alana lhe disse que tinha ido buscar algumas peças e lhe entregou os canhotos, acrescentando que devia ter também um vestido de noite preto e longo, cujo canhoto ela havia perdido. Na verdade, não havia vestido nenhum, mas ela queria que Megan se ausentasse dali para poder fuçar no celular dela. Megan, como previsto, saiu da recepção, e Alana rapidamente pegou o celular que tinha ficado perto do computador. Megan estava conversando no WhatsApp com um tal de Niall. Alana foi passando rapidamente as várias mensagens, que nada mais eram que conversas melosas entre namorados. Ela leu rapidamente, procurando alguma informação útil, até que alguma coisa atraiu sua atenção: uma mensagem enviada às dez e quarenta daquela mesma manhã.

> confirmado. sábado tem a apresentação ao vivo. a imprensa vai estar lá e depois tem a festa. quero vc perto de mim

> não perco isso por nada no mundo

Alana ficou atônita.

Quando viu que Megan estava voltando, colocou o celular de volta no lugar e fez de conta que estava lendo a tabela de preços.

— Desculpa, Alana, mas não estou encontrando o vestido. Tem certeza que já não veio buscar? Ou talvez a sua mãe?

— Ah, que burra! É verdade! Minha mãe veio buscar. Tinha esquecido completamente. Eu é que peço desculpas, Megan, fiz você perder tempo.

Alana pagou pelo serviço, pegou as peças e foi embora.

Era quase meio-dia, e ela precisava saber mais. Quem era esse Niall? Onde haveria essa festa e, principalmente, por que haveria jornalistas?

Então foi ao lava-rápido onde Hugo trabalhava, à procura de informações.

* * *

— Mas o que ela perguntou exatamente? — Mapy questionou com insistência.

— Ela me disse: "Encontrei a Megan e o Niall. Como são bonitinhos juntos e como estão apaixonados!"

Mapy sentiu uma fisgada de medo, enquanto o alarme tocava cada vez mais forte em sua cabeça. Como é que Alana sabia sobre Niall? Será que ela o reconhecera? Por fim, deixou que Hugo terminasse sua história.

— Eu disse pra ela: "James, ele se chama James", e ela respondeu: "Ah, sim, claro, que burra. James. Mas eu nunca vi esse cara em Sun Place. Quem é?" E eu falei que não conhecia e que eles estão namorando faz pouco tempo.

Alana não o havia reconhecido, então... Pelo menos por enquanto.

— E aí? — Mapy pressionou.

— Humm, deixa eu pensar... Depois ela me disse: "Bom, deve ser um ricaço, com aquele carro incrível que ele tem", e eu rebati: "Que carro?" Então ela mudou de assunto e foi embora.

— Claro. Ela percebeu que você não sabe de nada. Que cobra! Preciso ligar para a Megan imediatamente! Depois a gente se fala.

— Não, espera, Mapy. O que está acontecendo? Você não vai me contar?

— Não posso, Hugo. É coisa da Megan, mas fica tranquilo que assim que puder ela te conta.

* * *

Harry tinha chegado à confeitaria fazia um bom tempo e ficou do lado de fora, sem entrar. Tinha trazido um presente para Mapy: uma camiseta branca com um coração vermelho no centro, e dentro dele a frase: "I'm busy", estou ocupada. Ele queria fazer uma surpresa para ela, abraçando-a por trás, e esperava um bom momento para entrar. Ela estava falando ao telefone e parecia agitada. Harry percebeu que ela estava discutindo com a amiga, Megan. Estava cochichando. Era evidente que não queria que a ouvissem. Mas o que havia para esconder? Meio a contragosto, ele começou a escutar disfarçadamente e captou algumas frases.

— ... quero... ver mais... eu odeio... essa situação... problema... não posso contar pra ele... medo de perder... não... vi mais...

Harry tinha escutado apenas algumas palavras, que não queriam dizer nada. Ou queriam? E se ela estivesse falando do outro? Quem sabe ela o havia encontrado de novo e estava dizendo à amiga que queria vê-lo outra vez? Mas quem Mapy tinha medo de perder? Ele ou o outro? E o que ela não podia contar?

De repente, ele ouviu claramente:

— A gente se beijou na frente de casa, no meio da rua.

Eles nunca tinham se beijado na frente da casa dela nem no meio da rua, pois isso daria aos vizinhos a chance de ver e fazer perguntas. Harry prestava muita atenção nessas coisas, uma vez que não queria ser reconhecido. Eles tinham ficado pouquíssimo tempo perto de outras pessoas, só foram ao cinema e à pizzaria no dia anterior, e mesmo assim fora bastante cuidadoso: nos trajetos a pé, caminhava sempre com a cabeça baixa ou enfiada no pescoço de Mapy, escolheu uma mesa isolada na pizzaria e se sentou de costas para as outras mesas, virado para a parede. E, ao saírem do restaurante, quando teve a impressão de que duas garotas olhavam insistentemente para ele, trocou imediatamente de calçada, fingindo que queria ver uma vitrine, arrastando Mapy para um beco e beijando-a logo depois.

Sim, ele tinha certeza: nunca a havia beijado na frente da casa dela. E aí? Quem tinha beijado Mapy? E, principalmente, quando? Sentiu uma fisgada no estômago.

Decidiu entrar e encarar a questão.

Ele precisava saber.

Assim que Mapy o viu, levou um susto. Ela desligou o telefone e foi até ele.

— Oi, Harry, você me assustou.

Ele não estava sorrindo, ao contrário, tinha uma expressão dura nos olhos.

— Com quem você estava falando?

— Com a Megan... Você não vai me dar um beijo?

— Não foi suficiente aquele que você ganhou na frente da sua casa, no meio da rua? — ele perguntou com ironia.

Mapy o olhou como se ele fosse um ET.

— Do que você está falando? Que beijo?

— Eu te ouvi, tá bom? Você estava contando para a sua amiga! Quem é ele? É o cara das rosas, não é? Você está fazendo algum tipo de jogo, Mapy?

— Harry, você não sabe o que está dizendo! Você está totalmente enganado. Eu não beijei ninguém além de você.

— Eu escutei!

Harry perdeu completamente o controle. Ela estava mentindo, ele tinha provas, pois acabara de ouvir.

Mapy não acreditava. Harry a estava acusando de coisas absurdas. Ele tinha entendido mal a conversa com Megan. Era óbvio que ele não tinha escutado tudo, caso contrário saberia que as palavras exatas eram: "Como assim, 'a gente se beijou na frente de casa no meio da rua'? Você ficou louca? E se alguém tivesse visto?"

Mapy tinha simplesmente repetido uma afirmação de Megan, mas Harry entendeu errado e parecia tomado por um intenso ataque de ciúme.

Ela tentou explicar o mal-entendido.

— Essa história não faz sentido. Por que a sua amiga não poderia beijar um garoto na frente da casa dela? Qual é o problema?

Mapy não sabia o que responder. Ela não podia lhe contar sobre Niall Horan, nem que Megan estava namorando uma celebridade. Ele não acreditaria. Mas também não queria que Harry pensasse que ela tinha beijado outro.

— A... a minha amiga tem um namorado e beijou outro na frente da casa dela — disse em voz baixa.

Desculpa, Megan!, ela pensou, sentindo-se imediatamente culpada, prometendo a si mesma contar a verdade a Harry assim que fosse possível, mas, naquele momento, aquela era a melhor desculpa.

— Ah... Então ela tem namorado e sai com outro?

— Mais ou menos.

— Isso não é nada bonito...

— Ela está muito confusa. Não sabe qual dos dois escolher... Ela gosta dos dois... Está muito mal com essa situação...

Mas de quem você está falando, Mapy? Da Megan ou de você mesma?

Da Megan! Eu não tenho que escolher entre ninguém. Para mim só existe o Harry.

Tem certeza?

Mapy sacudiu a cabeça para calar aqueles pensamentos.

Harry olhava para ela, cético. Depois se virou e pegou o primeiro post-it amarelo da fila na parede, lendo o que deveria fazer.

Mapy olhou para ele, que andava pela cozinha, ignorando a presença dela. Ela estava desconcertada. Ele estava zangado com ela por algo que ela não tinha feito.

Na verdade você beijou o Zayn...

Foi um momento de fraqueza. E, de qualquer maneira, aconteceu antes do Harry.

Ele largou uma sacola brilhante com uma fita vermelha em cima de uma mesa de mármore.

Mapy a pegou e abriu. Tinha certeza de que era um presente para ela.

Dentro havia uma camiseta branca com um grande coração, no centro do qual se lia "I'm busy". Era muito bonita, e ela compreendeu imediatamente a mensagem implícita. Ele continuava quieto, trabalhando sem parar. Mapy foi ao banheiro e vestiu a camiseta. Quando voltou à cozinha, ele ligava a batedeira.

— Harry... — ela o chamou.

Ele se virou com uma expressão indecifrável.

— Obrigada... É muito bonita...

Ela se aproximou dele e o abraçou. Inicialmente ele ficou parado, depois também a abraçou.

— Não tem mais ninguém — ela sussurrou. — Estou apaixonada por você e só existe você na minha vida. — Mapy o olhou nos olhos e o beijou. — Só você — repetiu docemente, enquanto ele se livrava de toda incerteza e correspondia ao beijo dela com paixão.

* * *

Sun Place News online

AS APARIÇÕES CONTINUAM!

Parece que o jovem reconhecido há alguns dias por algumas moças, e que é muito parecido com um pop star internacional, foi visto novamente ontem à noite com uma linda garota de Sun Place. Se o jovem em questão é um sósia, que se mostre, caso contrário só nos resta pensar que realmente a nossa acolhedora cidadezinha adotou uma celebridade que vai enlouquecer todas as nossas leitoras! Até breve, com novas informações!

* * *

Harry foi embora lá pelas duas. Eles se veriam naquela noite, e Mapy estava ansiosa pelas sete horas.

Era um momento de calma. Ela estava limpando a parede dos post-its, excluindo os mais antigos, enquanto esperava que alguns pães de ló saíssem do forno.

Não percebeu que alguém tinha entrado na cozinha até que uma pessoa a pegou pela cintura e a beijou no pescoço.

Ela levou um susto. Instintivamente pensou em Harry, mas não era o perfume dele. Um espasmo no estômago cortou sua respiração. Era Zayn. Ela sabia, antes mesmo de vê-lo.

— Oi, princesa... Senti sua falta... — ele sussurrou no ouvido dela.

Mapy ficou tensa e não mexeu nem um músculo.

Ele percebeu imediatamente sua frieza.

— Antes que você fique brava, saiba que eu perdi meu celular.

Zayn estava atrás dela. Mapy ficou imóvel e de olhos fechados, tentando controlar a respiração, com o coração enlouquecido. Não era possível que ele tivesse aquele efeito sobre ela. Ele continuava a apertar sua cintura e a falar em seu ouvido.

— Eu perdi segunda-feira na praia, quando estávamos juntos, e nem pude te mandar uma mensagem pra avisar que precisei ir a Londres de última hora. Só voltei hoje.

Ela não acreditava nele. Era uma desculpa esfarrapada. Se ele quisesse, poderia ter ligado para a confeitaria, lhe mandado flores, um telegrama ou até um pombo-correio. Se ele fizesse questão, como tinha lhe dito e repetido, não teria desaparecido por dois dias.

— Pensei em você o tempo inteiro, não via a hora de te ver de novo.

Mapy apertava os punhos, queria se virar e enchê-lo de bofetadas, gritar na cara dele que ele era um canalha, mas não fez absolutamente nada.

— Você está brava mesmo, não é? Vamos, Mapy. Eu não tinha o seu número. Como é que eu ia te ligar?

Ele parou de abraçá-la e deu um suspiro profundo.

— Justo agora que a gente tinha dado um passo pra frente... e agora são três pra trás. Você pode me responder? Pelo menos olha pra mim.

Ela ficou imóvel.

— O que eu faço com você? Você é mais teimosa que uma mula. Agora preciso ir, passei só pra te dar um beijo... mas estou vendo que você não quer mesmo falar comigo.

Zayn parecia exasperado.

— Tudo bem, eu vou embora. Você está furiosa, dá pra ver. Mas saiba que eu perdi mesmo meu celular, e foi uma confusão. Eu tinha todos os números gravados nele. Ainda estou esperando que me mandem a conta com as ligações do último mês pra recuperar pelo menos os números mais importantes... incluindo o seu. Vai, Mapy... Olha pra mim...

O celular novo de Zayn começou a tocar.

Ele atendeu a chamada.

— Sim, sim, estou indo — disse, encerrando imediatamente a ligação. — Tenho mesmo que ir, mas eu volto mais tarde. Você pode pelo menos olhar pra mim?

Zayn permaneceu por mais alguns segundos atrás dela, depois se virou e saiu da cozinha. Seu carro estava estacionado atrás da loja.

Lá, alguém o esperava impacientemente.

— São três horas! Com esse calorão, e você me deixa esperando aqui dentro?

— Tudo bem, tudo bem, já terminei. Vamos embora — ele respondeu, dando marcha a ré e pegando a rua principal.

* * *

— Mas você não disse nem uma palavra?

— Não, nenhuma. Fechei os olhos, apertei os punhos e não mexi um músculo.

Mapy tinha ligado para Hugo alguns minutos depois que Zayn fora embora. Precisava falar com alguém para pôr os pensamentos em ordem.

Ela sentia alguma coisa por aquele garoto e queria se convencer de que era raiva, mas Hugo percebeu que havia algo mais, algo diferente.

— Mapy, pode ser verdade. É bem possível que ele tenha perdido o celular, mas a questão não é essa. Ele mexe com você de um jeito que não devia... Principalmente agora que o Harry está na sua vida.

— É raiva, Hugo, só raiva!

— Mas por que você insiste em negar a verdade?

Hugo ficou irritado. Mapy continuava não querendo admitir o que já era evidente.

— É claro que você sente alguma coisa por ele, ele mexe com você, mas você é teimosa demais pra admitir. Não estou dizendo que você não está apaixonada pelo Harry, está, e muito. Mas acho que você não é indiferente ao Zayn e que não sente só raiva, orgulho ferido ou seja lá o que for. Na minha opinião, você se sente atraída por ele, e não adianta fazer de conta que não.

— Não, não é isso. Só estou com o orgulho ferido — ela continuou, obstinada.

— Tem certeza? Nunca ouvi falar de uma pessoa que sentisse borboletas no estômago por causa de orgulho ferido...

Mapy permaneceu em silêncio, e Hugo sabia que as sólidas certezas dela estavam começando a desmoronar.

— Vamos supor que eu te contasse que, cada vez que eu encontro uma garota, eu me sinto louco de ansiedade e o meu coração bate a mil por hora. O que você me diria?

— Que você está apaixonado — murmurou ela.

— E, já que você se sente exatamente assim, afinal foi você mesma quem disse isso, três minutos atrás, por que você teima em negar o que sente? — ele retrucou docemente.

— Eu... eu... não sei! Tudo bem! Eu não sei!

Hugo tinha entendido certo, e, por mais que lhe custasse admitir, Mapy não podia mentir para si mesma.

— É verdade. Quando o Zayn me abraçou e eu percebi que era ele, senti uma emoção muito forte. Não sei o que fazer, o que pensar. Ele não podia desaparecer pra sempre? Não podia me deixar em paz? O Harry é muito importante pra mim, mas eu tenho medo de encontrar o Zayn de novo, porque não sei o que pode acontecer... Está fora do meu controle... Tenho medo dos meus sentimentos, eles me deixam em pânico.

— Não fuja, Mapy, não fuja nem dele nem de você mesma. É complicado, eu sei, mas você está sendo sincera, e só encarando essa confusão você vai conseguir sair dela.

— Sabe o que me dá mais raiva? Que o Zayn se sente no direito de vir aqui, como se não fosse nada, e ainda quer me encontrar de braços abertos. Não consigo aceitar isso.

— Mas eu não disse que você precisa aceitar isso... Briga com ele, grita, bate, afinal isso você já fez, não é? Faz esse garoto entender que com você ele não pode agir como bem quiser. Dificulta as coisas, mas não fecha a porta na cara dele só porque você está com medo. É óbvio que você está confusa. Mas você só vai entender quem é o cara certo pra você se conhecer os dois, e não se ficar com um e fugir do outro.

Mapy ficou em silêncio, refletindo sobre as palavras de Hugo.

— Eu me sinto culpada em relação ao Harry. Ele não merece isso, é tão sincero, tão meigo. Como eu posso ficar com o Zayn se estou com o Harry, pode me explicar?

— Eu não disse pra você sair com o Zayn escondido do Harry.

— Eu nunca faria isso!

— Eu sei. Estou dizendo pra você conversar com o Zayn. Só conversar, Mapy, conversar! Você nunca fez isso. Vocês sempre ou brigaram ou se beijaram, e só.

— E se ele tentar me beijar? Você sabe como ele é... insistente, atrevido... Tenho certeza que ele não vai parar.

— Se você não quiser que ele te beije, não deixa, não precisa inventar desculpas. Diz a verdade pra ele: que existe outra pessoa importante pra você e que vocês podem ser apenas amigos.

— Que confusão, Hugo!

O timer do forno tocou. Mapy encerrou a conversa e terminou as últimas tarefas. Era tarde, e ela precisava se arrumar para sair com Harry. Não queria pensar em mais nada, tinha que se concentrar nele. Além do mais, ela tinha certeza de que aquela noite seria fantástica.

* * *

— Zayn, tudo bem? Eu acho que nessa parte podemos...

Liam tentava mostrar alguns sons que queria inserir em um trecho do novo disco, mas Zayn estava distante, perdido em pensamentos.

Nos últimos dias, seus amigos pareciam enlouquecidos: em vez de aperfeiçoar os detalhes finais antes do fechamento do CD, o que aconteceu foi uma debandada geral. Harry desaparecia todas as manhãs e estava sempre distraído, Niall vivia falando de uma garota que tinha conhecido por acaso e, quando não saía com ela, passava o tempo inteiro trocando mensagens pelo celular e dando risadinhas sozinho, e agora Zayn também tinha entrado nessa. Ele não só precisou ir a Londres durante alguns dias por causa de um problema familiar, mas também estava cada vez mais aéreo, como naquele momento.

Liam parou. Não adiantava continuar.

— E então, como ela se chama?

Zayn olhou para ele por um longo instante, com o olhar ainda perdido.

— É tão óbvio assim? — perguntou.

— Caramba! Você não está me escutando. Estamos aqui faz vinte minutos, mas aposto que você não ouviu nem uma nota.

— É verdade — ele admitiu.

— Então, quem é ela? Eu conheço?

— Não... acho que não... É uma garota de Sun Place.

— E como você conheceu?

— Por acaso, na praia. Pra dizer a verdade, eu briguei feio com ela.

— A garota do estacionamento de uns dias atrás? Aquela que travou a saída do seu carro?

— É. Ela mesma. A gente se encontrou de novo por acaso e brigamos outra vez... Depois deixei um bilhete no carro dela, ela me mandou algumas mensagens, uma palavra puxa a outra, e fui até o lugar onde ela trabalha. No começo ela não queria mesmo saber de mim... me xingou de tudo quanto é nome.

— Te xingou? Como?

Zayn contou a Liam o que tinha acontecido com Mapy, como ele tinha ficado instigado pelo modo como ela lhe respondia e o enfrentava.

— Era uma espécie de desafio. Eu precisava conseguir dominar aquela garota de qualquer maneira.

— Mas depois você caiu na própria armadilha, não é?

— Mais ou menos. Fui outras vezes ao trabalho dela e roubei alguns beijos inocentes, mas uma noite a fiz chorar e aí tudo mudou... Mexeu com alguma coisa dentro de mim que eu não sei explicar... Só sei que não parei mais de pensar nela. Não estava nem aí se ela me xingava ou ganhava a discussão, só queria que ela me conhecesse de verdade, porque ela ficou com uma ideia errada de mim, achou que eu fosse um filhinho de papai arrogante e mimado.

Zayn queria que Mapy o conhecesse de verdade, que lhe desse uma chance e, naquela tarde na praia, estava certo de ter conseguido. Eles não tinham conversado, só se beijado, mas ele sabia que era o começo de algo importante. No entanto, naquela mesma tarde, ele não apenas perdeu o celular como teve de ir às pressas para Londres e não pôde voltar à praia para procurá-lo.

Depois ficou tão ocupado que não teve tempo de ligar para ela ou para a confeitaria. Ele sabia que ela ficaria zangada, mas não achou que seria tanto. Tinha se enganado. Agora se dava conta disso. Ele achava que ela o agrediria e xingaria como sempre, e estava pronto para encarar a tempestade, mas não esperava aquela frieza absoluta.

Mapy reagiu como um iceberg. Ele sabia que, apesar da agressividade e dos insultos dela, ela se interessava por ele, e diversas vezes ele pôde confirmar isso. Mas agora sentia que não havia nenhuma abertura.

— Fico mal com a ideia de ela não querer mais me ver, de não termos mais nenhuma chance.

— Acho que você está enganado, Zayn.

— Você acha?

— Se eu conheço as garotas, acho que ela agiu assim porque ficou triste e decepcionada. Talvez tenha se sentido humilhada, mas, se ela ficou mal por causa disso, é porque alguma coisa sente por você. Se ela fosse mesmo indiferente, teria conversado com calma, sem nem te xingar. Teria sido pior se ela tivesse agido com educação mas sido fria, não acha?

— Então, o que você acha que eu devo fazer?

— Tenta reconquistar essa garota, insiste, faz ela entender que é importante de verdade pra você. Pede desculpas. Faz algo especial por ela. Acho que nem tudo está perdido, então tenta. O que você tem a perder?

Zayn abraçou o amigo. Ele tinha recuperado as esperanças e torcia para que Liam tivesse razão. Levantou-se como um raio e saiu da sala de gravação.

— Ei, Zayn, aonde você vai?

— Preciso fazer uma coisa. Depois a gente se vê!

Não teria sido melhor se eu tivesse ficado quieto?, pensou Liam, sorrindo.

* * *

A noite com Harry foi, com certeza, a mais bonita da vida de Mapy. Ele fora buscá-la às sete e meia e estava mais lindo do que nunca: vestia jeans, camiseta branca e uma jaqueta de algodão azul. Levou para ela um lindo buquezinho de botões de rosas vermelhas, do qual pendia um pequeno coração de pelúcia.

Mapy o abraçou e o beijou carinhosamente, enquanto ele se deixava acariciar, feliz.

— Agora me larga! — disse ele, rindo. — Precisamos ir.

— Aonde?

Ele olhou para ela de um jeito sorrateiro e não disse nada. Ao longo do caminho conversaram sobre o Festival de Verão, brincando com as fantasias mais absurdas que lhes vinham à mente, e ela riu até chorar quando Harry exclamou:

— Já sei! Vamos nos fantasiar de café da manhã: você de ovo frito e eu de bacon!

Quando chegaram a um estacionamento delimitado por uma cerca, ele a ajudou a sair do carro. Mapy não tinha ideia de onde estavam.

Ouvia o barulho das ondas, mas em volta estava escuro. Percorreram uma estradinha a pé e saíram em uma trilha de cascalhos. Ela parou, admirada. Estavam no velho farol. Ergueu os olhos e viu o facho de luz que, a intervalos regulares, lançava sinais na escuridão. Harry a pegou pela mão e a levou para dentro.

— Mas a gente pode entrar?

— O faroleiro é meu amigo. — Na verdade, Harry tinha pagado generosamente para organizar tudo nos mínimos detalhes.

Eles subiram uma longa escadaria e chegaram a um pequeno terraço que dava para o mar, onde havia uma mesa posta para dois. Não havia nenhuma luz, a não ser a da lua e a do próprio farol, que ia e vinha sem parar. Era tudo tremendamente romântico.

Mapy estava extasiada pelo clima e por Harry. Ele conseguia deixá-la feliz como nada nem ninguém nunca tinha conseguido. Durante o jantar, ele não parou um segundo de olhá-la nos olhos, com os dedos entrelaçados aos dela.

Quando acabaram de jantar, subiram ao ponto mais alto do farol, uma minúscula sacada sobre a enorme lâmpada, à qual se chegava por uma estreita escada de ferro. Dali se viam as luzes de Sun Place e de toda a costa. Era uma vista de tirar o fôlego, e Mapy ficou encantada olhando a paisagem.

— É lindo, Harry.

Ele a abraçou por trás, apertando-a contra si.

— Você é linda.

Mapy se virou para olhá-lo.

— Estou feliz de estar com você.

Harry a abraçou mais forte e a olhou nos olhos.

— Eu te amo, Mapy.

Mapy se encheu de ternura, desejando que aquele momento mágico não terminasse jamais.

***

— E aí? Como foi a noite?

Era quase meia-noite e Harry tinha acabado de voltar. Louis estava no jardim. Ele o havia ajudado a organizar o jantar no farol e, pela cara do amigo, entendeu que tinha sido o máximo.

— Onde está todo mundo? — perguntou Harry.

— Sei lá! O Niall saiu com a garota misteriosa, de quem não quer nem dizer o nome, o Liam e o Zayn saíram à tarde e ainda não voltaram. Gostou do jantar?

Harry se jogou no sofá, sorrindo feliz.

— Eu amo a Mapy...

— Vai com calma, Harry!

— Eu disse isso pra ela.

— Você disse "eu te amo" pra ela?

Louis não podia acreditar. Talvez seu amigo estivesse indo rápido demais.

Harry assentiu.

— Mas você tem certeza? É melhor não dizer uma coisa tão importante assim se não tiver cem por cento de certeza.

— Eu amo Mapy Marple, tenho certeza, tão certo quanto eu me chamo Harry Styles. É a primeira vez que me apaixono de verdade.

Louis estava preocupado.

— Você contou pra ela quem você é?

— Não, ainda não, mas pretendo, apesar de realmente não saber como contar.

— Ora, Harry! Conta e pronto!

— E o que eu vou dizer? "Ah! Esqueci de mencionar que faço parte do One Direction e que sou muito famoso no mundo inteiro?" Não, definitivamente não! Preciso achar o jeito e o momento certos, aí eu conto.

* * *

— De que tamanho? E, mais importante, o que está escrito?

Hugo estava novamente pasmo. Cada dia mais a vida de Mapy parecia uma novela. Naquela quinta-feira de manhã, quando leu a mensagem no WhatsApp que dizia "me liga assim que acordar!", ele sabia que algo tinha acontecido. Ligou para ela por volta das sete, e ela estava nas nuvens.

— O Harry disse que me ama — foram suas primeiras palavras. Hugo pulou da cama.

— O quê? — exclamou, incrédulo.

— Ele disse que me ama — ela repetiu e começou a contar entusiasmada sobre a noite maravilhosa que havia passado com ele no farol.

De repente ela parou e começou a falar com seu pai, que lhe dizia alguma coisa num tom animado.

— Tem certeza, pai? — Hugo a ouviu dizer.

— Olha! Estão aqui fora, basta olhar pela janela.

Hugo a chamou várias vezes, mas Mapy não respondeu. Ele ouviu o ruído de uma janela se abrindo e depois silêncio.

— Viu? São pra você mesmo. Parece que você tem um pretendente que quer o seu perdão. — Hugo distinguiu claramente as palavras e a risada do pai de Mapy. Depois mais nada.

— Mapy! Mapy! O que está acontecendo? — ele chamou, começando a ficar preocupado.

Finalmente ela falou, a voz transtornada.

— Você não imagina o que tem aqui fora.

— O quê? Conta logo.

— Uns cartazes enormes — ela respondeu.

Hugo perguntou de que tamanho eram e o que estava escrito neles.

— Não sei, mas são enormes. Pelo menos cinco metros por quatro. E são do Zayn.

— Do Zayn? O que o Zayn tem a ver com isso?

— Você ainda não entendeu? — ela disse, impaciente.

— Você não me explica nada! O que o Zayn tem a ver com isso? — insistiu Hugo.

— Na rua, na frente da minha casa, tem dois caminhões parados com cartazes enormes grudados — respondeu Mapy, chocada. — Em um está escrito "Me desculpe e me deixe te beijar de novo" e, no outro, "Sob as luzes hoje à noite, você roubou meu coração... Estou apaixonado por você".

— Uau, que lindos, mas como você sabe que são do Zayn? Podem ser do Harry.

— O Harry não precisa pedir desculpa por nada e, além do mais, estão assinados com um Z. São dele. — Mapy fez uma pausa. — Não sei o que pensar, Hugo, não esperava por isso, não tenho palavras.

— Mas eu tenho... Nunca acreditei que ele estivesse brincando com você. Eu te falei que tinha uma explicação. Acho que está claro que você é realmente importante pra ele.

— Assim como o Harry é importante pra mim. Ele me ama e eu também sinto algo muito forte por ele. Não quero perder o Harry. O Zayn teve a chance dele, agora chega, acabou.

Hugo não respondeu, mas achava que Mapy estava tentando convencer mais a si mesma que a ele, e temia que em breve um verdadeiro tsunami atingisse sua amiga.

Ele tinha total razão.

* * *

Sun Place News **online**

DESPERTAR ROMÂNTICO

Uma bela cidadã de Sun Place despertou esta manhã sob a sombra de dois enormes cartazes, nos quais um extrovertido pretendente pede perdão e confessa estar apaixonado por ela... É possível ser mais romântico que isso? Vamos todos torcer pelo misterioso Z.! Força, insista até ela não resistir!

* * *

— Posso saber quem é esse Z.?

— Eu já falei! É o cara do estacionamento, com quem eu já briguei várias vezes.

— E que também já beijou várias vezes, ou estou enganada?

— O que você e o Hugo estão fazendo? A contabilidade dos meus beijos? Na verdade eu beijei o Z. só uma vez, e de qualquer modo já terminei com ele. Aliás, nem comecei. Estou cada vez mais apaixonada pelo Harry.

— O aprendiz de confeiteiro.

— É, e não tenho mais nada pra falar sobre esse assunto.

— Mas esse Z. foi tão fofo e romântico, não foi?

— Chega! Ele não me interessa e eu não quero mais falar sobre isso — respondeu Mapy, decidida. — Me conta sobre o Niall.

Megan suspirou.

— Eu amo o Niall loucamente... Não sei o que seria de mim sem ele.

— Você disse pra ele tomar cuidado?

— Sim, tomamos muito cuidado. Ontem, quando ele veio me pegar, não parou na frente da minha casa, e sim alguns metros para frente, e não saiu do carro. Depois ele me levou ao Max's.

— Ao Max's? Mas é o restaurante mais caro e famoso da costa! Belo modo de não serem notados.

— Eu também disse isso, mas ele só ficava dando risadinhas. Entramos no estacionamento no subsolo por um acesso secundário e o elevador nos levou direto pro terraço. — Ela fez uma pausa, mal contendo o entusiasmo. — E estávamos só nós dois lá! Ele reservou todas as mesas, assim ninguém podia ver a gente. Foi maravilhoso.

Megan contou a Mapy cada detalhe da noite com Niall: desde o cardápio servido pelo próprio chef até a pequena orquestra que ficou tocando em um dos cantos, das rosas vermelhas que ele tinha lhe dado até as luzes difusas. Deixou por último a coisa mais importante.

— Uma hora chegou o garçom e pôs na minha frente um prato com uma tampa redonda de aço. Eu tinha certeza que era a sobremesa, mas, quando ergui a tampa, tinha um pacotinho de seda azul com um botão de rosa vermelha e um cartãozinho. Meus olhos se encheram de lágrimas, e eu olhei para o Niall. Ele sorria feito um menino enquanto eu lia o ca-cartão...

— Megan! Vamos, não chora!

— É que é uma emoção muito forte.

— E o que estava escrito? — Mapy estava impaciente para saber.

— Espera que eu vou ler: "Meu coração é seu. Para sempre. Niall" — ela soluçou.

— Que lindo, muito fofo! E o que tinha na caixa?

— Uma correntinha com um pingente em formato de coração cravejado de diamantes. Eu estou usando agora, nunca mais vou tirar.

— Estou feliz por você, Megan, parece um verdadeiro conto de fadas.

— Sim, às vezes tenho até medo de acordar e descobrir que é um sonho. Ou que aconteça alguma coisa.

— Não vai acontecer nada! — disse Mapy, resoluta. — Você só tem que ficar mais atenta e evitar a Alana como o diabo foge da cruz.

— Por falar nisso, depois eu entendi como ela conseguiu saber sobre o Niall.

— Ah, é? E como?

Megan contou que, depois do telefonema do dia anterior, ficou pensando como Alana poderia ter sabido sobre Niall. Ela não achava que Alana o tivesse reconhecido, senão já teria contado a seu tio Bredford. Sendo assim, só restava uma possibilidade: ela tinha xeretado o celular de Megan.

— Foi quando eu entrei na lavanderia para buscar o vestido. Eu estava trocando mensagens com o Niall pelo WhatsApp, e com certeza ela fuçou e leu o nome dele.

— Mas por que ela não cuida da própria vida?

— Porque é invejosa. Porque, agora que operou o nariz, quer que todos corram atrás dela. É uma egocêntrica.

— Toma cuidado, Megan. A Alana pode ser perigosa, e acho que ela está tentando descobrir quem é o Niall simplesmente porque percebeu que ele é rico. Se fosse um garoto qualquer, com um carro comum, um cara como o meu Harry, por exemplo, bonito, mas sem nem um tostão no bolso, ela não teria nem se dignado a olhar pra ele. Você não lembra das conversas dela sobre o namorado rico que ia dar uma boa vida pra ela? Desde antes da plástica ela dizia essas bobagens, imagina agora, que está realmente linda. Vai querer se casar com o príncipe William!

— Ele já é casado.

Elas caíram na gargalhada.

— Enfim, eu prestei atenção e não vi a Alana em lugar nenhum. Quem sabe ela não desistiu?

— Tomara — disse Mapy, sabendo, no íntimo, que Alana estava tramando alguma coisa.

E não estava enganada.

* * *

Alana queria saber de qualquer maneira quem era o garoto que estava saindo com Megan. A conversa com Hugo deixou claro que ele não sabia de nada e que Megan até tinha dado um nome falso ao garoto: James. A pergunta era: Por quê? Por que mentir para o melhor amigo? Todo mundo sabia que Megan, Hugo e Mapy eram como irmãos, então por que todo aquele mistério? Tinha alguma coisa por trás daquilo tudo, e ela estava cada vez mais determinada a descobrir.

Na quarta-feira à noite, ficou à espreita na frente da casa de Megan. Viu Niall chegar com um carro esportivo preto e parar, não diante do portão, mas alguns metros mais à frente, e depois Megan sair de casa e entrar rapidamente no carro, não sem antes olhar em volta. Alana os havia seguido de longe e viu quando eles entraram no estacionamento subterrâneo de um prédio, onde, no último andar, havia o restaurante mais famoso de toda a costa. Ele devia ser riquíssimo para poder bancar um luxo como aquele. Além do mais, devia ser filho de algum figurão, já que a fila de espera para conseguir uma mesa no

Max's era de meses. Ela os seguiu de novo no caminho de volta. Na estrada, pararam em um mirante com vista para o mar. Eles desceram do carro, e Alana continuou dirigindo para não ser notada. Parou um pouco mais adiante e correu de volta, na esperança de conseguir tirar fotos com a câmera profissional que seu tio Bredford lhe havia emprestado. Megan e Niall estavam se beijando, e ela tirou dezenas de fotos, até que eles entraram novamente no carro e foram embora. Alana se abaixou para não ser vista quando eles passaram na frente dela e correu para o carro para continuar a segui-los.

Niall levou Megan para casa e voltou pela estrada na direção sul. Alana continuou atrás dele. Ela o viu parar diante de um portão eletrônico, desses que escondem a visão de quem está do lado de fora, e depois entrar. Havia uma cerca altíssima, cheia de câmeras, e no porteiro eletrônico não estava escrito nenhum nome. Ela voltou para o carro e olhou as fotos. Pegar a câmera fotográfica do tio tinha sido uma ótima ideia, e as imagens eram nítidas, apesar da iluminação escassa.

Mas quem é você?, pensava Alana, olhando para um close de Niall. *Seja quem for, você não me escapa. Com certeza não vou te deixar para aquela mosca-morta da Megan. De um jeito ou de outro vou separar vocês dois e fazer com que você se apaixone por mim.*

Em seguida sorriu para a própria imagem refletida no espelho retrovisor e voltou para casa.

* * *

Harry chegou lá pelas oito e meia. Assim que viu Mapy, a apertou em um abraço.

— Socorro, estou em crise de abstinência. Preciso urgentemente de beijos. Você pode me ajudar?

Ele não precisou repetir e ela o encheu de beijos, até que a srta. Wiston entrou na cozinha, obrigando-os a se separar.

— Mapy!!! São para você os cartazes lá fora? Aposto que foi aquele adorável rapaz moreno que mandou — disse a mulher, entusiasmada.

Nos braços de Harry, ela tinha se esquecido completamente deles.

Ele mudou de expressão, dirigindo um olhar interrogativo a Mapy.

— Que cartazes? Do que ela está falando?

— Dos cartazes! Você é cego? Toda a cidade viu — respondeu asperamente a srta. Wiston. Ela tinha notado que havia alguma coisa entre Mapy e o aprendiz, e não era a primeira vez que os surpreendia trocando beijos e carícias, mas não conseguia entender como a filha da proprietária podia dar intimidade a um simples aprendiz. Ela deveria sair com rapazes do seu nível. Sua sobrinha Alana fazia bem em nem se dignar a olhar sujeitos como ele, enquanto aquela tola da Mapy, filha da confeiteira mais famosa da cidade e de um respeitado cirurgião, namorava um pobretão sem perspectivas, rejeitando as investidas de um jovem belo e elegante, e provavelmente rico, que fazia loucuras por ela. Onde o mundo ia parar?

Mapy a fulminou com o olhar.

— Não quero saber! — respondeu secamente, encerrando o assunto, enquanto Harry, rápido como um raio, saía da confeitaria para ver do que elas estavam falando.

Mapy o alcançou.

Ele fitava os enormes cartazes que se destacavam do outro lado da rua, incrédulo. Então se virou e a encarou.

— O que significa isso?

— Nada, Harry. Absolutamente nada.

— Nada? — ele respondeu, irônico. — Pra você, "me deixe te beijar de novo" não significa nada? — Harry não se conformava. — Vou embora — falou, resoluto, dando meia-volta e indo na direção da cozinha.

Mapy o seguiu, procurando segurá-lo pelo braço.

— Harry! Não significa nada, acredite em mim.

— Você beijou aquele cara? — ele perguntou friamente. — Seus olhos se encheram de lágrimas. — Responde! Beijou ou não?

— Harry, não é o que você está pensando.

— E o que é então? Vamos ouvir. Você acha que eu sou burro? Ele escreveu "Me desculpe e me deixe te beijar de novo"! DE NOVO! Quer dizer que ele já te beijou!

— Aconteceu umas duas vezes, antes de você. Eu juro.

— Você tinha me dito que nem conhecia o cara. Que era alguém que estava obcecado por você. E agora surge a novidade de que você beijou esse cara várias vezes? O que mais posso esperar?

— Me deixa explicar, Harry, por favor.

Mapy chorava, desesperada. Ele lhe deu as costas, mas era incapaz de ir embora.

— Você mentiu, Mapy, e um relacionamento só dá certo se existe confiança.

— Eu não menti.

Mapy o abraçou por trás. Harry permaneceu imóvel, enquanto ela lhe contava sobre como aquele cara a pressionara, sobre todas as vezes em que ele tinha ido vê-la e ela sempre o rejeitara, e também sobre os dois beijos roubados.

— Eu sei o que você está pensando, Harry. Que, se eu não quisesse realmente, não teria deixado que ele me beijasse. A verdade é que teve um momento em que eu me senti confusa, eu estava muito a fim de você, mas não era totalmente indiferente a ele, e não sabia o que fazer, mas eu nunca encorajei esse cara. A gente se beijou de verdade só uma vez, uma tarde na praia, antes de você, depois acabou. Isso é tudo.

Harry continuava em silêncio.

— E vocês não se viram mais?

— Ele veio aqui ontem à tarde, mas eu nem me virei pra olhar pra ele. Não lhe disse nem uma palavra. Eu só queria que ele fosse embora e me deixasse em paz.

— E ele?

— Ele foi embora, e hoje de manhã aqueles cartazes estavam ali.

Harry não se virou. Estava bravo e com o orgulho ferido. Mapy recomeçou a chorar e o abraçou.

— Preciso ficar um pouco sozinho — ele disse. Soltou-se do abraço dela e foi embora.

* * *

Harry parou no pátio. Ele ouvia Mapy soluçar, mas não podia voltar atrás. Não sabia o que pensar. Estava apaixonado por ela e tinha ficado mal. Precisava conversar com Louis.

— Você acredita nela? — perguntou o amigo.

— Sim, acho que ela está sendo sincera.

— Então...

— Ela mentiu pra mim antes.

— Ela não mentiu pra você, Harry. Só omitiu uma parte da verdade. Provavelmente porque tinha medo de te perder.

— Ela beijou o cara. — Harry dava voz a todos os seus pensamentos, enquanto Louis tentava fazê-lo raciocinar.

— Antes de você finalmente se manifestar.

— A verdade é que eu não suporto nem a ideia de que outro cara possa sequer pensar nela — ele explodiu.

— Harry! Não seja idiota! Pelo que você me contou, ela é linda.

— Sim, é mesmo.

— Então. É normal que ela tenha admiradores, outros caras que queiram ficar com ela. Você não pode fazer nada. Esse ciúme é perigoso.

— É mais forte do que eu.

— Você precisa se controlar. Você acabou de me dizer que acredita nela. Talvez ela não tenha dito nada pra não estragar as coisas entre vocês, e porque, no fundo, ela não se importa com o outro. Ela não fez nada de errado, só beijou um cara *antes* de ficar com você. E esse outro cara, que provavelmente viu que estava sendo rejeitado, está tentando de todas as maneiras convencer a garota a dar uma chance pra ele. Fim da história.

— Ela nunca disse que me ama... Eu já disse pra ela — Harry falou em voz baixa.

— Talvez porque ela queira ter certeza.

— Eu tenho certeza.

— Eu sei.

— E se ela ainda sentir alguma coisa pelo outro e não quiser admitir nem pra ela mesma? É uma possibilidade, Louis, que eu não posso ignorar.

— Tudo bem. Vamos supor que seja assim: ela está muito envolvida com você, sente algo muito forte, mas também se sente atraída pelo outro. E daí? O que você pretende fazer? Deixar que ela fique com ele? Desistir? Pelo que você me contou, acho que esse outro cara é osso duro de roer. Você quer entregar sua garota de bandeja pra ele?

— De jeito nenhum! Eu vou lutar por ela, você sabe que eu sou um guerreiro.

— Esse é o Harry Styles que eu gosto! — Louis exclamou, satisfeito.

* * *

Na cozinha, Mapy trabalhava duro para não pensar.

Harry não tinha voltado. Estava magoado e decepcionado e, se ela estivesse no lugar dele, teria reagido da mesma maneira.

— Dá um tempo pra raiva dele passar, Mapy.

Ela tinha ligado desesperada para Hugo, e ele a deixou desabafar.

— Você não fez nada de errado, afinal você beijou o Z. antes de ficar com ele. Você não mentiu. Ele vai acabar entendendo. Acho que o principal problema é o ciúme. Ele está louco de ciúme.

— Não sei. Só sei que estou mal, Hugo. O Harry é orgulhoso. E se ele não voltar comigo? E se decidir terminar tudo?

— Acho que não, Mapy. Ele te ama e vai entender que você foi sincera.

Hugo, como sempre, tinha razão: ela não tinha feito nada de errado, e Harry, no fim, acabaria se dando conta disso. Mas a espera era realmente difícil.

Então decidiu lhe enviar uma mensagem.

> eu estou apaixonada por vc... só queria que vc me desse a chance de demonstrar como vc é importante pra mim... me deixa entrar... 11:15

Mas Harry não respondeu.

* * *

Tio John chegou no meio da manhã, programando uma série de trabalhos importantes para a festa de sábado. Distribuiu listas de coisas para fazer: cada um tinha a sua, e Mapy começou pelas tortinhas de massa podre, que depois rechearia com cremes variados.

Ela estava absorvida no trabalho quando, mais uma vez, entrou a srta. Wiston acompanhada de dois garotos, que traziam um arranjo de flores em forma de coração. Era maravilhoso.

Todos pararam para olhar, curiosos.

— São para você, Mapy — disse a srta. Wiston com um sorriso. — Aposto que são do Zayn de novo — acrescentou. — Esse garoto te adora, você deveria namorá-lo.

Mapy lhe lançou um olhar torto enquanto assinava o recibo.

O arranjo era lindo: apenas rosas vermelhas e, no centro, um cartão em que se lia "I'm busy".

Seu coração deu um pulo. Era de Harry, ela tinha certeza. Pegou o cartão e começou a ler.

> Antes de te encontrar, eu não sabia o que significava amar alguém.
> Agora eu sei.
> Estou com ciúme.
> Desculpa.
> Só quero que você saiba que, aconteça o que acontecer, vou lutar por você de todas as maneiras e não vou te deixar escapar.
> Agora.
> E para sempre.
>
> Harry

Sorrindo, ela leu e releu o cartão. Harry acreditava nela. Mapy não permitiria mais que Zayn se intrometesse entre ela e o garoto por quem havia se apaixonado perdidamente.

* * *

***Sun Place News* online**

CORAÇÕES... APAIXONADOS

A bela moradora de Sun Place continua fazendo palpitar o coração não de um, mas de dois intrépidos jovens que, acompanhados de cartazes e arranjos florais, unicamente de rosas vermelhas, lutam por seu amor. Quem dará o próximo passo? Que adorável gesto testemunhará o mais forte dos sentimentos? E, principalmente, qual dos dois rivais levará a melhor? Aguardamos, ansiosos, o desenrolar dos acontecimentos.

* * *

Harry telefonou lá pela uma da tarde. Mapy atendeu com o coração na boca. Ele não falou logo, nem ela, depois, de repente, começaram a falar ao mesmo tempo.

— Mapy, me perdoa, eu fui um imbecil — ele começou.

— Harry, desculpa! Eu devia ter te contado — disse ela.

Ambos pararam e houve um instante de silêncio, então os dois recomeçaram a falar ao mesmo tempo, caindo na risada logo em seguida e dissipando qualquer tensão.

A tempestade tinha passado, e ambos estavam ansiosos para se ver. Ele não podia voltar à confeitaria por causa de um compromisso na mansão, mas se encontrariam à tardezinha.

— Passo aí pra te pegar lá pelas seis. Põe biquíni — ele disse.

Ela não fez perguntas, pois sabia que ele não lhe diria nada de qualquer jeito. Mas estava certa de uma coisa: seria incrível.

Continuou trabalhando, procurando terminar tudo que tio John tinha lhe pedido para fazer. Já estava bem adiantada e precisava apenas concluir a massa folhada, que requeria um tempo de trabalho maior. Estava completando a penúltima volta entre a massa e a manteiga quando alguém bateu à porta da cozinha, que ela havia fechado para manter a temperatura constante.

— Já vou — disse, levantando a voz.

Colocou a preparação na geladeira e foi abrir.

Era Zayn.

Ela já o esperava.

O que ela não esperava era o sobressalto de seu coração ao vê-lo.

Ele estava parado na soleira, com um olhar de criança que acabou de levar uma bronca. Segurava um tablet.

Na tela negra piscava um coração vermelho escrito "Play".

Mapy fechou a porta abruptamente, na cara dele.

Ele começou a bater com insistência.

Ela parou para pensar.

O que estava sentindo?

Por que seu coração batia loucamente?

Ansiedade. Era apenas ansiedade.

Ela temia que ele complicasse sua vida e que pudesse de algum modo atrapalhar seu relacionamento com Harry.

Precisava romper com ele de uma vez por todas, e aquela era a melhor hora. Estava decidida a falar com franqueza. Ela lhe diria que estava apaixonada por outro, que o momento de fraqueza que tivera não significava absolutamente nada e que queria se desculpar com ele se de alguma maneira o havia iludido.

Sim. Ela diria exatamente isso. Ele tentaria convencê-la, mas ela estaria determinada: não sentia nada por ele e não havia nenhuma esperança de que algum sentimento pudesse nascer entre eles.

Fim de papo. Tchau e beijos.

Aliás, nada de beijos, só tchau. Adeus, para ser mais precisa.

Ela inspirou com calma e abriu a porta.

Já ia falar, mas ele colocou o tablet diante dela, só que agora na tela passava uma infinidade de carinhas tristes e um texto que dizia:

☹ ESPERA!!!!! ☹ NÃO DIGA NADA! ☹☹ Aperte play e olhe! ☹☹☹ Por favor! ☹☹☹

As palavras morreram em sua garganta. Ela faria a vontade dele e depois falaria com determinação, disse a si mesma.

Zayn sorriu tímido enquanto Mapy pegava o tablet e apertava "play".

Começou um vídeo.

Era uma espécie de filme amador em preto e branco. Lá estava ele, com um terno preto pelo menos dois números maior, descalço e com os cabelos despenteados, movendo-se num ritmo estranho, como se fosse um curta-metragem mudo dos anos 20. Tinha até uma musiquinha de piano tocando ao fundo.

Na primeira cena, Zayn estava num jardim, perto de um canteiro de rosas: ele colhia uma e oferecia para a câmera.

Sobreposto à cena, apareceu um cartaz negro com dizeres brancos:

> Estou apaixonado por você.

Ela leu a frase e seu coração deu uma cambalhota, depois mais uma, e mais outra.

Na cena seguinte, ele olhava diretamente para a câmera, com a expressão de um cachorrinho ferido.

Mapy sentiu um impulso de ternura enquanto erguia o olhar para ele. Zayn também olhava para ela. Parecia impaciente.

Ela desviou o olhar e voltou ao vídeo.

A câmera tinha se afastado do primeiro plano e mostrava Zayn levantando o indicador direito.

Apareceu outro cartaz.

> Nunca falei tão sério. Estou disposto a TUDO para ter pelo menos uma chance.

Troca de cena. Zayn não estava mais no jardim, mas num quarto, e, com a expressão zangada, dava tapas em si mesmo e olhava para um telefone sobre uma mesa.

> *Errei em tudo, eu sei. Errei principalmente em não te ligar, e me arrependo disso.*

Mapy sorriu sem querer. Era decididamente engraçado vê-lo dando tapas em si mesmo.

De novo um close dele e aquela expressão meiga.

> *... mas...*

Com as mãos unidas como numa súplica, ele ficava de joelhos.

> *... por favor...*

Zayn se aproximava da câmera com o olhar arrebatado, fechava os olhos e beijava a objetiva.

> *... só peço que me deixe te beijar uma última vez...*

Ele estava de novo no jardim, com o olhar triste, enquanto dava de ombros, se virava e caminhava, afastando-se da câmera.

> *Se você não sentir absolutamente nada, vou embora e desapareço para sempre.*

Longe da câmera, ele se virava de repente.

> *Mas se...*

Ele caía desmaiado no chão, com um olhar sonhador, enquanto centenas de borboletas surgiam na tela.

> *... assim como eu, você sentir centenas de borboletas no estômago...*

Ele deitado no chão, enquanto imitava o movimento do coração, mexendo as mãos convulsivamente.

> ... seu coração batendo forte...

Ele, ainda no chão, fazendo cara de bobo e ficando vesgo.

> ... e não conseguir pensar direito...

Outro enquadramento: ele na beira do mar, olhando sério para a câmera.

> ... então, se você for honesta, principalmente consigo mesma, vai admitir que entre nós existe algo especial.

Mesmo enquadramento, e o olhar dele se tornando terno e apaixonado.

> Eu já sei e, se você escutar o seu coração, também vai saber.
> FIM

Mapy estava completamente desarmada.

Ficou segurando o tablet, sem forças para olhar para Zayn.

Ele continuava parado na porta, esperando que Mapy o deixasse entrar em sua vida, mas ela não conseguia nem raciocinar. Ergueu o olhar, confusa. Eles estavam a apenas um passo de distância, e Zayn se aproximou. Estavam tão perto um do outro que ela podia sentir a respiração dele.

Mapy fechou os olhos.

Tinha se rendido.

Zayn percebeu e a beijou, apertando-a contra si.

Ela se sentia exatamente como ele tinha dito: não conseguia pensar direito, tinha borboletas no estômago e seu coração batia muito forte.

Ele tinha razão... Que terminar, que nada!

Era o início de um furacão que, com certeza, viraria sua vida de cabeça para baixo.

Eles se afastaram, e Zayn deu um passo para trás.

Estava emocionado. Agora cabia a ela deixá-lo atravessar a barreira de seu coração ou lhe dizer que não se sentia envolvida. Se fosse assim, ele iria embora para nunca mais voltar. Mas ela precisaria dizer isso olhando nos olhos dele.

— Zayn... eu... eu...

Mil pensamentos e emoções giravam na cabeça de Mapy, e ela não sabia por onde começar.

— Olha pra mim, Mapy. Você só precisa me dizer o que sentiu — ele sussurrou.

Ela mantinha o olhar baixo.

— Eu... eu... não...

— Olha nos meus olhos — ele repetiu. — Diz que não sentiu nada e eu vou embora — ele insistiu, com uma determinação que ela nunca tinha visto antes.

— Não é essa a questão! — ela respondeu, exasperada.

— É exatamente essa a questão. Eu quero que você seja sincera.

— Você quer que eu seja sincera? Pois vou ser: eu estou apaixonada por outro — ela disse, levantando a voz e se afastando dele.

Para Zayn, foi como levar um soco. Ele nunca pensou que pudesse haver outro. Não esperava por isso. Quem era? Há quanto tempo estavam juntos? Dezenas de perguntas começaram a encher sua mente. Outro cara complicava as coisas, mas substancialmente não mudava nada, ele pensou, porque não significava que ela não sentisse algo por ele. E Mapy ainda não tinha respondido.

— Não foi isso que eu perguntei. Só quero saber o que você sentiu.

Ele a seguiu até a cozinha. Mapy estava diante da bancada de trabalho, as mãos apoiadas no mármore frio, enquanto ele, a suas costas, não lhe deixava uma rota de fuga. Ela teria que lhe dar uma resposta.

— Você não percebe a confusão que é a minha vida! — ela disse, cada vez mais agitada.

— Responde. Não fique dando voltas. — Ele colocou uma mão no ombro dela, fazendo-a girar. — Diz que não sentiu nada e eu sumo daqui, diz que eu estou enganado... Diz isso pra mim, Mapy... Mas você tem que fazer isso me olhando nos olhos.

Ele tinha colocado Mapy diante de si mesma, sem possibilidade de fuga.

— Sim... — ela murmurou.

— Sim o quê?

— Sim... eu... acho... que...

— Você acha que... — insistiu ele.

— Eu acho que sinto alguma coisa por você — ela finalmente admitiu, dando um longo suspiro.

Zayn a abraçou.

Ele não estava errado, ainda podia ter esperança de que algo importante começasse entre eles.

Ela era especial para ele, como nenhuma garota tinha sido.

Mapy tinha os olhos cheios de lágrimas. Ela se sentia frágil e indefesa, assustada consigo mesma e com tudo que estava acontecendo.

Estava em pânico total. Apaixonada por Harry e por Zayn ao mesmo tempo, era inútil negar, e não sabia o que fazer.

Zayn a abraçava, acariciando seus cabelos e murmurando palavras doces.

Mapy se soltou, enxugando os olhos.

— Estou confusa... Eu achava que não tinha... nenhuma dúvida... Estou apaixonada por outro, Zayn... mas... mas... não sei mais o que eu quero...

Ele sentiu uma intensa onda de ciúme, mas não queria perturbá-la com muitas perguntas. Questionou apenas quem era e desde quando estavam juntos.

— É um aprendiz de confeiteiro que trabalha aqui, estamos namorando faz poucos dias — ela respondeu.

— Mapy, eu não quero que você se sinta pressionada. Só peço que me dê uma chance, assim como deu pra ele, depois você decide, mas não me exclui da sua vida agora...

Zayn só queria que ela o conhecesse, depois tudo aconteceria naturalmente. Entre eles havia algo mágico, extraordinário, eram como o ímã e o ferro, e ele não tinha dúvida de que levaria a melhor sobre o adversário. Mas não se tratava de um desafio, era a sua vida, era a única garota que realmente havia conseguido ganhar um espaço em seu coração. Ele a amava e faria de tudo para conquistá-la, mas ela precisava se deixar amar, não se fechar como uma ostra, como tinha feito até aquele momento.

— Vou esperar até você perceber que fomos feitos um para o outro. Se você não quiser mais me ver, vou aceitar sua decisão, mas não antes de você me dar uma chance de verdade — ele sussurrou enquanto a abraçava, com medo de que ela lhe negasse o pedido.

Mapy o olhou e assentiu.

Zayn ficou com vontade de pular e gritar de felicidade. Finalmente Mapy estava abrindo uma porta para ele, e ele não desperdiçaria aquela oportunidade por nada no mundo.

Mas, como se sabe, nem sempre as coisas são como desejamos...

* * *

A ansiedade estava esmagando Mapy. Eram quase seis horas e Harry ia chegar dali a poucos minutos. Mapy havia decidido que seria completamente sincera com ele.

Ela lhe contaria tudo. Tinha medo, mas não podia evitar.

Durante a tarde havia conversado com Hugo. Tinha ligado também para Megan, mas a amiga estava distraída com o trabalho, com o namoro com Niall, que ia de vento em popa, e com a escolha das fantasias que eles vestiriam no dia seguinte, no Festival de Verão. Mapy ainda não tinha pensado nesse detalhe e certamente acabaria alugando uma fantasia na escola de teatro. Elas tinham se falado muito pouco, e nada sobre Zayn. Já com Hugo, durante um longo telefonema, Mapy chorou várias vezes e expressou todos os seus medos.

— Não tenho mais certeza de nada. Como eu posso estar apaixonada por dois garotos ao mesmo tempo? Não sei o que fazer, só sei que não posso continuar assim. Preciso fazer uma escolha, mas a verdade, Hugo, é que eu gosto dos dois igual.

— Tenho certeza que você vai acabar descobrindo, Mapy. Você só precisa ser sincera com os dois e com você mesma.

— Eu contei para o Zayn.

— E como ele reagiu?

— Ele disse que vai esperar a minha decisão, só não quer que eu o exclua. — Mapy riu entre lágrimas.

— Por que você está rindo? — perguntou Hugo, surpreso.

— Porque, quando eu disse que se ele quisesse uma chance tinha que parar de me beijar toda hora, ele me olhou surpreso e respondeu: "Impossível".

— E você?

— Eu disse que a condição não era negociável e ele aceitou.

— E o que você vai dizer pro Harry? Ele também não vai mais poder te beijar?

— Sim... ele também. Não tenho ideia do que vou dizer pra ele, só sei que tenho medo e que a ansiedade está me matando.

O celular dela vibrou.

Era uma mensagem de Harry.

> estou na cozinha te esperando

Por que ele estava ali? Evidentemente tinha esquecido alguma coisa. Mapy desceu com o coração alvoroçado, sem saber como faria para lhe contar sobre Zayn.

As luzes da cozinha estavam apagadas. Assim que a porta basculante se fechou atrás dela, um neon azulado se acendeu. Mapy não conseguia entender, era como se estivesse suspensa no vazio, só com um filete de luz no centro do ambiente e tudo em volta escuro. Assim que a luz ficou um pouco mais intensa, começaram a aparecer sinais cada vez mais distintos nas paredes.

Olhou em volta, surpresa: eram dezenas, centenas. Ainda não conseguia perceber o que era, mas os contornos ficavam cada vez mais nítidos. Estavam em volta dela e pareciam sair não só das paredes, mas de todos os cantos da sala. Eram corações... e duas palavras repetidas centenas de vezes: "Te amo".

Mapy ficou boquiaberta enquanto olhava em volta.

O efeito visual era maravilhoso, como se milhares de luzinhas compusessem a frase "Te amo" no escuro. Do nada, surgiram dois braços que a envolveram. Harry estava atrás dela, com aquele perfume que confundia seus pensamentos. Mapy fechou os olhos e começou a chorar, incapaz de conter a emoção, enquanto ele lhe dava um beijo na bochecha.

— Gostou? — ele perguntou.

Ela se virou e o abraçou forte, enquanto as lágrimas lhe desciam pelo rosto.

— Ei! — ele disse, beijando a ponta do nariz dela. — Eu não queria te fazer chorar.

Mapy não conseguia parar. Chorou ainda mais forte enquanto Harry, confuso com aquela reação inesperada, tentava acalmá-la.

— Harry... por favor... me perdoa — ela falava entre soluços, e ele entendeu que havia algo além da simples felicidade pela surpresa. — Eu nunca... ia querer... te fazer... sofrer... Só... de pensar... fico... muito mal...

Um soco no estômago cortou a respiração de Harry. No escuro iluminado pelo neon, ele procurou os olhos dela.

— O que você está dizendo? Do que está falando?

Ele não conseguia acreditar, não sabia o que pensar.

— Não... quero... mentir... pra você... mas estou... confusa... de verdade...

— Confusa? Por quê?

Mapy não conseguia lhe dizer. Ela sabia que seria como uma facada, mas agora não podia mais parar. Ela se soltou do abraço dele, tentando se acalmar. Foi até a pia e lavou o rosto. Os soluços ainda interrompiam sua respiração, mas ela precisava recobrar a calma e se explicar, caso contrário perderia realmente qualquer possibilidade de fazer isso.

Harry estava imóvel, enquanto uma ansiedade crescente lhe apertava as vísceras.

Ela se aproximou dele e o encarou.

— Ele esteve aqui hoje.

A expressão nos olhos de Harry se endureceu.

— Ele me pediu uma chance. Está apaixonado por mim e só quer que eu não bata a porta na cara dele.

Harry olhava para ela sem piscar.

— E você, o que quer? — perguntou, com frieza nos olhos e na voz.

— Eu não sei.

— Não sabe? — Harry riu amargamente. — Eu achei que você estivesse apaixonada por mim... Mas é claro que estava enganado.

Ele se virou para ir embora, mas Mapy o deteve.

— Não é isso! Você não estava enganado. Eu estou apaixonada por você! — ela disse com a voz entrecortada.

— Se você está apaixonada por mim, então me diz qual é a droga do problema.

— Ele... mexe comigo. Eu tentei de todas as maneiras reprimir o que sinto, mas não consegui. Não posso mais negar, Harry, nem pra mim, nem pra você, nem pra nós.

— Por que você está falando isso? Ainda existe um *nós*?

A amargura era cada vez mais palpável. Ele estava magoado e não fazia nada para esconder.

— Sim... se você quiser.

— Mas é você que não quer, Mapy! EU TE AMO! Você não entende? E agora, depois de ter negado durante dias, você vem me dizer que sente algo por outro cara? O que você acha que eu devia fazer? Como você acha que estou me sentindo? Pois eu te digo: muito mal!

Mapy recomeçou a chorar em silêncio. As lágrimas corriam por seu rosto, mas ela tentava se controlar.

— Se você quiser ir embora, não vou te impedir, vou até entender, mas só me deixa dizer uma coisa: eu nunca te enganei. Eu tentei de todas as maneiras tirar esse cara da minha vida, mas não consegui, e hoje percebi que sinto alguma coisa por ele.

Ela fez uma pausa, tentando controlar o choro.

— Mas eu também sinto algo muito forte por você, e estaria enganando a você e a mim mesma se fingisse que não existe nada. Só estou sendo sincera, justamente porque você é importante pra mim, muito mesmo. Estou dizendo o que sinto. Eu também estou mal, principalmente com a ideia de te fazer sofrer e de não te ver mais, mas eu precisava te contar tudo, mesmo correndo o risco de te perder.

Harry olhou para ela.

— O que você quer que eu diga, Mapy?

— Diz que me ama, Harry — ela respondeu, se jogando nos braços dele.

Ele a abraçou forte.

— Você sabe o que eu sinto... Está escrito aqui, por toda parte.

Eles se beijaram, rodeados pelos corações brilhantes. Depois Harry se afastou.

— Eu não quero uma garota pela metade. Quero tudo ou nada. Você vai ter que escolher: ou ele ou eu.

— Eu também não quero ficar com você pela metade, mas preciso entender o que sinto de verdade.

Ela tentou se aproximar de novo, mas Harry a deteve com um gesto.

— E o que você quer que eu faça? Que veja você saindo com ele e beijando o cara?

— Eu nunca disse isso.

— Então você não vai sair com ele? Não vai beijar o cara como fez comigo agora?

Ele estava zangado. O ciúme estava levando a melhor.

— Eu só preciso de um tempo para entender o que está acontecendo comigo. Espero que você compreenda, Harry, e espero que consiga dar uma chance para nós dois. Eu fui sincera com você exatamente porque não quero amar pela metade.

Mapy se virou, pegou as chaves do carro e saiu. Precisava de ar.

* * *

Sozinho na cozinha, Harry apagou o neon e acendeu as luzes. Olhou para as centenas de folhas negras com letras brancas que colara nas paredes. Retirou todas elas, jogou tudo no lixo e saiu. Com a cabeça vazia, só sentia uma dor surda por dentro.

* * *

Mapy deu umas voltas de carro, tentando pôr as ideias no lugar, até que se viu diante da casa de Hugo. Já passava das oito. Ligou para ele e, assim que o amigo atendeu, ela caiu no choro.

— Mapy! Mapy! O que está acontecendo?

Ela não conseguia falar. Saiu do carro e bateu na porta da casa dele, com o celular ainda colado na orelha. Hugo abriu e a amiga o abraçou num impulso, deixando cair o celular. Ele a apertou contra si, embalando-a docemente.

Hugo deduziu que ela havia conversado com Harry e que, claro, ele não tinha compreendido.

Quando se acalmou, Mapy estava com os olhos inchados e visivelmente transtornada.

— Vamos sair um pouco — ele disse.

Chegando ao carro, ela lhe estendeu as chaves.

— Dirige você.

Eles rodaram bastante, até que pararam no mirante perto do quiosque, onde, alguns dias atrás, Mapy passara uma noite maravilhosa com Harry.

Ela desabafou com o amigo, que a escutou atentamente. Seus pensamentos eram um mar de dúvidas, contradições e medos. A verdade era muito simples: ela estava envolvida com os dois e somente com o tempo saberia qual deles amava de verdade. Zayn tinha compreendido e, armado até os dentes, decidiu lutar; já Harry tinha ficado mal, mas, na opinião de Hugo, ele faria a mesma coisa, apreciando a sinceridade de Mapy.

— Não precisa ter pressa, deixa eles lutarem pelo seu amor. Você só precisa escutar seu coração e entender qual dos dois é o cara certo. E, se um deles desistir, significa que você não era tão importante assim para ele.

Hugo sempre dizia as coisas certas.

— Que tal sair do carro e comer um sanduíche? — ela disse, reencontrando o sorriso.

— Mapy, se por acaso você não percebeu, eu estou de pijama!

Ela olhou melhor para ele e caiu na gargalhada. Realmente, Hugo estava com uma camiseta de mangas curtas com porquinhos cor-de-rosa e shorts com um único porquinho maior na parte da frente. Era o pijama que ela tinha lhe dado de aniversário.

— Tudo bem, tudo bem. Apesar de achar que você está incrível, eu vou... Hambúrguer e batatinhas?

— Pra mim está ótimo.

Mapy saiu do carro, que estava estacionado um pouco afastado, e, ao chegar ao quiosque, pediu os sanduíches e os refrigerantes. Enquanto esperava, olhou em volta e seu coração falhou uma batida.

A alguns metros de distância, estava Zayn.

Apoiado no porta-malas de seu SUV branco.

E a seu lado havia uma garota.

Ele a abraçava pela cintura de um jeito bastante possessivo.

Ela o beijava na bochecha enquanto ele sorria feliz.

Era claro que entre os dois havia algo, pois cada gesto deles exalava carinho.

Sua respiração falhou. Ela começou a tremer, decepcionada e humilhada, e alguma coisa dentro dela se partiu. Pagou os sanduíches e pegou as bebidas. Depois, com passos decididos, foi na direção dele.

Como tinha sido idiota.

Ela havia acreditado nele.

A vozinha habitual a provocou novamente, zombando dela.

No fundo você sabia, não? Você acreditou mesmo nele? Que ingenuidade! Ele só estava brincando com você!

Zayn viu que ela se aproximava e imediatamente tirou o braço da cintura da garota. Era evidente que tinha sido pego em flagrante. Ele deu dois passos para ir ao encontro de Mapy, tentando sorrir, mas estava visivelmente preocupado.

— Oi, Mapy. O que você está fazendo aqui? — ele perguntou.

Como resposta, ela pegou o copo gigante de Coca-Cola e jogou na cara dele.

Houve um instante de silêncio. A garota os observava, admirada, assim como o cara do quiosque, enquanto Hugo saía do carro e dava alguns passos na direção deles para entender o que estava acontecendo.

Mapy se virou e voltou para o minicarro.

Recuperando-se do choque, Zayn a alcançou e a segurou pelo braço.

— Mapy!!! Não é...

Ele não teve nem tempo de terminar a frase, e ela se virou e lhe deu uma sonora bofetada. Ele vacilou por um instante, mas não a soltou. Mapy então puxou o braço, gritando:

— Me larga! Seu canalha!!!

Ele tentou detê-la, mas Mapy estava decidida a ir embora, pois não queria escutar as desculpas esfarrapadas que ele inventaria dessa vez. A verdade estava na cara dela: havia outra garota!

— Eu nunca mais quero te ver! — ela gritou, afastando-se.

— Mapy, o que está acontecendo? — Hugo estava preocupado.

— Vamos embora! Agora!

Em seguida ela olhou para Zayn, que tentava segurá-la, sem conseguir acalmá-la.

— Mapy, me escuta! Por favor! — Ele parecia desesperado.

Hugo entrou no carro enquanto Mapy abria a porta. Zayn tentava de todas as maneiras que ela escutasse, mas era inútil.

— Mapy, para um pouco! — ele gritou, apertando o braço dela com força.

— Você está me machucando! Me solta!

— Ei, larga ela! — interveio Hugo, que nesse meio-tempo tinha saído de novo do carro e olhava torto para Zayn.

— Me escuta! Não seja idiota!

Mapy começou a gritar muito alto.

— É isso mesmo, eu sou uma idiota! Eu acreditei em você. Deixei que você me iludisse. Questionei todas as minhas escolhas e a mim mesma. E você tem outra. E agora, o que vai dizer? Que ela é sua irmã? Ou talvez sua prima? Vá pro inferno, Zayn!

Mapy estava histérica. Hugo interveio e se colocou entre os dois. Zayn o interpelou grosseiramente.

— Quem é você? Não se meta! Esse é um assunto entre a Mapy e eu. Fica fora disso!

Hugo respondeu com um tom firme.

— Ela é minha amiga e você não é ninguém. A Mapy não quer falar com você. Vai embora ou te encho de porrada.

Ao dizer isso, Hugo o agarrou pela camisa xadrez e o empurrou para longe. Eles entraram rapidamente no carro e saíram cantando pneus.

Depois de algumas centenas de metros, Hugo entrou em uma área reservada na estrada e estacionou atrás de um arbusto.

Mapy estava sentada no banco, toda encolhida, chorando desesperada. Hugo a abraçou, mas não disse uma palavra sequer: não havia nada a dizer.

— Vamos embora — ela sussurrou depois de algum tempo.

Dirigiram em silêncio até a casa de Hugo. Antes de descer, ele a abraçou, ainda sem falar nada.

Mapy dirigiu como um robô até em casa.

Estacionou e desceu do carro

Zayn estava diante da porta.

Ela sabia que o encontraria ali, mas não tinha vontade de falar Queria apenas dormir.

Ela parou diante dele. Não sentia nenhuma emoção, nem raiva, nem ansiedade.

— Estou cansada, Zayn, me deixa entrar.

Tinha falado com calma, sem olhar para ele.

— Só quero te dizer que você está enganada... Ela não é minha namorada, é...

— Sua irmã? — disse Mapy, cansada.

— Sim, ela é minha irmã.

Mapy riu. Era uma risada amarga como a de Harry naquele mesmo dia. Parecia que tinha se passado uma vida, mas foram apenas algumas horas.

— Está certo, Zayn. Agora que você já falou o que queria, posso ir dormir?

— Você não acredita em mim, não é?

Ela o olhou bem dentro dos olhos.

— Não. Eu não acredito em você.

Em seguida colocou a chave na porta e entrou.

Ele não a impediu.

* * *

Sun Place News online

BRIGA ENTRE NAMORADOS

Parece que ontem aconteceu uma briga terrível entre a nossa cortejadíssima cidadã e um de seus pretendentes. Não foi revelado o motivo de tanta fúria, mas comenta-se que o intrépido jovem não apenas foi posto a nocaute por um sonoro sopapo como tomou um banho de refrigerante gelado. Será que foi porque o jovem estava em companhia de outra senhorita?

FURO DE REPORTAGEM!

Caros leitores e leitoras,

Continuem ligados porque em breve, muito em breve, revelaremos presenças ruidosas em Sun Place, que testemunharão como a nossa agradável cidadezinha se tornou destino de personagens celebérrimos. Mais que isso não podemos comentar, mas aguardem notícias bombásticas pela frente!

* * *

Mapy dormiu um sono pesado e sem sonhos. Levantou muito cedo, tomou banho e desceu para a confeitaria.

— Bom dia? — perguntou o tio, vendo nuvens ainda mais ameaçadoras que as da última vez.

A resposta foi a mesma:

— Mmm.

Mapy precisava de um café. A máquina estava na despensa. Ao entrar, deu um encontrão em alguém.

Harry.

Não eram nem sete horas e ele já estava ali.

— Oi — ela o cumprimentou timidamente, sem forças para sustentar seu olhar.

— Oi — ele respondeu com um fio de voz.

— Quer um café? — ela perguntou, com uma estranha tensão pairando entre eles.

— Não.

Mapy começou a preparar a máquina, enquanto Harry permanecia onde estava.

— Mapy, pra mim não mudou nada e, principalmente, eu não pretendo desistir de você. Vou lutar pra ganhar... — ele disse com voz rouca, sem conseguir continuar. Depois ficou em silêncio, incapaz de acrescentar uma só palavra, quando, na verdade, queria dizer que a amava e que faria qualquer coisa para ficar com ela.

Mapy se virou e se aproximou dele. Estendeu a mão em direção ao seu rosto e o acariciou.

Harry ficou parado, olhando para ela.

Mapy queria abraçá-lo, mas não fez isso.

Estava furiosa com Zayn, desiludida, ferida, e achava que o odiava, mas ele ainda conseguia mexer com ela. Somente quando se sentisse segura se entregaria completamente, mas agora as feridas estavam muito vivas, e ela não queria fazer com que Harry se sentisse pior.

— Harry, eu... não...

— Não precisa dizer nada — ele a interrompeu. — Eu vou esperar.

* * *

Harry saiu da despensa. Tinha restabelecido contato com Mapy e, daquele momento em diante, não a deixaria mais.

No dia anterior, ele tinha falado sobre isso com Louis, quando voltou à mansão.

— Mas quem é esse outro? O que você sabe dele?

— Não sei nada, nem o nome. Só sei que deve estar louco pela Mapy.

— Que nem você, só que ele é mais esperto... Faltou pouco pra ele roubar essa garota de você bem debaixo do seu nariz.

— Eu sei.

— Então fica no pé dela. Não desiste. Deixa a garota perceber que você está na área, que ela é mais importante pra você do que qualquer outra coisa no mundo.

— Mas assim eu não corro o risco de acontecer o contrário? Não estou a fim de sufocar a Mapy.

Louis olhou para ele, espantado.

— E você acha que o outro vai deixar a sua garota em paz, dando o tempo que ela precisa? Em que mundo você vive? Se quiser ficar olhando enquanto ele fica com ela, vai em frente.

Harry estava perplexo. Louis tinha razão, mas não era ficando no pé dela que ele ganharia a batalha. E disse isso ao amigo.

— Harry! Será que eu preciso mesmo te explicar tudo? Como é que você faz pra ser o mais clicado na internet? Se soubessem como você é bobo! O grande Harry Styles, idolatrado por milhões de garotas no mundo inteiro, reduzido a um capacho. Parece até uma daquelas fanfictions melosas que circulam pela internet, se por acaso não fosse a sua vida. Já estou quase vendendo essa história pros jornais!

Os dois riram, depois Louis voltou a ficar sério.

— Você precisa agir com discrição: pequenos gestos, presença constante. Ela precisa saber que você vai estar sempre presente, não tem que ficar perguntando se ela já escolheu, e nem toca no nome do outro. Pra você, ele não existe. Porque, se ele existe pra você, é real pra ela também. Você tem que ganhar terreno aos poucos, e tem uma vantagem que deve aproveitar ao máximo: você trabalha com ela, e isso significa que tem pelo menos cinco ou seis horas por dia pra marcar pontos a seu favor. Fui claro?

— Cristalino! — Harry respondeu, com um novo brilho nos olhos.

* * *

Zayn também tinha voltado muito tarde para a mansão. Mais uma noite insone o esperava. Tinha ido direto ao seu quarto para tomar banho e, quando saiu, Liam o esperava.

— Sua irmã me contou tudo.

— Parece que com a Mapy eu faço que nem os caranguejos: em vez de andar pra frente, ando pra trás.

Sua voz estava cansada, e ele parecia resignado.

— Você foi esperar a Mapy na frente da casa dela?

— Fui.

— E aí?

— Ela não acreditou em mim.

— Mas vai acreditar.

Zayn olhou para ele, triste.

— Você não viu a cara dela. Ela estava magoada, desapontada. Tenho certeza que chorou, e eu me sinto um verme por isso.

— Mas foi um engano! Zayn, você estava com a sua irmã! Ela vai ter que entender!

— Não, é você que não entende, Liam. A questão é que a Mapy não confia em mim. Se confiasse, teria me escutado e, principalmente, acreditado em mim. Não teria tido aquela reação. Como ela vai se apaixonar se não confia em mim? É como se eu estivesse construindo uma coisa em cima de areia movediça e, cada vez que consigo pôr a construção em pé, ela afunda... Não sei mesmo o que fazer. — Zayn parecia um animal enjaulado. — Eu pensei nisso, Liam, e não vejo saída. Com certeza vou esclarecer esse mal-entendido, mas o que vai mudar? Da próxima vez vai ser o fim. Basta uma bobagem qualquer para desabar tudo.

— Mas confiança se conquista aos poucos. Você não pode achar que ela vai confiar em você logo de cara.

— Mas eu não tenho tempo, Liam. O outro é uma ameaça sobre a gente, aquele por quem ela acha que está apaixonada. É nele que ela confia.

— E quem é ele? Você viu o cara?

— Não. É um aprendiz que trabalha com ela. Você entende o que isso significa? Que ele tem muito mais tempo pra ficar com ela, pra convencer a Mapy...

— Zayn! Uma coisa de cada vez. Primeiro esclarece esse mal-entendido, depois encontra um jeito de segurar a garota.

— E enquanto isso o outro casa com ela! Que raiva. E pensar que por aí existem milhares de garotas que fariam qualquer coisa para estar no lugar da Mapy, e o que ela faz? Me rejeita.

— Mas ela sabe quem você é, não sabe?

Zayn olhou para ele, perplexo.

— Não sei... Nunca pensei nisso. Mas, de qualquer modo, não acho que mudaria muito. Ao contrário, se eu conheço a Mapy, isso não mudaria nada.

* * *

Na cozinha o trabalho era constante. Mapy só parou quando ligaram para ela, primeiro Hugo e depois Megan.

— Megan Frost para você, Mapy — disse o tio, passando-lhe o telefone sem fio.

Como na ligação de Hugo, ela saiu para o pátio, porque não queria que Harry escutasse.

— Estou te achando um pouco pra baixo — Megan lhe disse.

— Não... Estou bem...

— Não é verdade. Quer falar sobre isso?

— Acho que não, Megan, não agora... Não consigo.

— Assim você me deixa preocupada!

— Eu estou bem. É um período meio complicado, mas vou sair dessa.

— Desculpa, Mapy, por não ter te ajudado. — Megan estava realmente preocupada.

— Eu estou bem... Já incomodei o Hugo com os meus problemas, fica tranquila. Quem sabe conversamos depois, mas não agora.

Mapy fez uma pausa, depois mudou de assunto.

— Me fala sobre o Niall. Vocês vão ao desfile hoje à noite?

— Sim, não vejo a hora. Ele arranjou as fantasias, são lindas!

Mapy sorriu. Megan a deixava alegre.

— Vamos nos fantasiar de Minnie e Mickey.

— Que incrível!!! Boa ideia!

— Foi ideia do Niall. Ele fez tudo sozinho. Vai até usar uma máscara, assim vamos poder andar livremente sem que ninguém o reconheça. E você, vai se fantasiar de quê?

— Hoje de manhã o Hugo alugou duas fantasias: de Peter Pan pra ele e de fadinha da Disney pra mim. A Iridessa, pra ser mais exata.

— E qual é essa?

— A amarela.

— Você vai ficar linda! Ainda mais agora que está bronzeada.

Elas conversaram mais um pouco e combinaram de se ver mais tarde. Megan queria apresentá-la a Niall.

— Tudo bem. Então a gente se vê depois. Um beijo.
Mapy desligou sorrindo, pensando em Megan e Niall.

* * *

Harry parou para olhar para ela. Mapy tinha saído duas vezes para o pátio para falar ao telefone e, com certeza, um dos telefonemas era do outro, mas ele não podia fazer uma cena ou pedir detalhes. Precisava inventar alguma coisa para marcar um ponto a seu favor. Tio John veio involuntariamente em seu socorro.

— Pessoal, vocês terminaram?

Harry tinha terminado seu trabalho e já havia colocado no forno os biscoitos amanteigados, enquanto Mapy concluía sua parte nas tarefas.

— Eu termino pra você, Mapy. Vocês dois podem rechear os cupcakes e fazer o glacê pra mim? — perguntou tio John.

Em uma mesa de mármore estavam todos os ingredientes, e Mapy e Harry começaram a trabalhar lado a lado.

Ela recheava os bolinhos enquanto ele colocava o glacê. O chocolate derretido parecia estar pronto.

— Verifique se está no ponto de escrever — ela disse, referindo-se à consistência do chocolate, que, se estivesse boa, não teria rebarbas.

Harry pegou um palito, molhou na tigela de chocolate e depois o deixou escorrer sobre o mármore, fazendo pequenos movimentos, como se estivesse escrevendo.

Olhou o resultado e sorriu.

— Está bom assim? — perguntou.

Mapy olhou para a mesa e seu coração acelerou.

Ele havia escrito "I love you" com o chocolate.

— Está perfeito — ela respondeu, olhando-o nos olhos.

Harry estava sorrindo de um jeito que Mapy achava irresistível.

Ele ficou observando-a de canto de olho e viu que ela não parava de olhar para os dizeres, enquanto um sorriso iluminava seu rosto.

Eles continuaram trabalhando, até que Mapy lhe pediu para pegar mais forminhas na despensa.

Harry não precisou que ela repetisse. Depois de algum tempo, apareceu na porta e a chamou.

— Não estou achando... — ele disse.

Quando Mapy entrou na despensa, Harry a pegou nos braços e fechou a porta.

— Eu não aguentava mais! Preciso te abraçar... só um pouquinho!

Mapy sorriu, e ele a apertou contra si. Tinha uma vontade louca de beijá-la, mas era melhor não.

Ela estava com a cabeça apoiada no peito dele e ouvia as batidas de seu coração. Estava acelerado, como o dela...

Ela olhou para ele.

— Harry... obrigada... Sei que é difícil pra você.

Ele a escutava enquanto acariciava seus cabelos.

— Não é só difícil. É uma tortura! Eu queria te beijar até te gastar! — ele respondeu docemente.

Ela riu.

Bateram à porta.

— Ei... Tudo certo aí dentro?

— Está sim, tio, estamos pegando algumas coisas que precisamos... — Mapy respondeu, dando risadinhas.

Então saíram um após o outro, e o tio olhou para eles, sorrindo.

— *Ah, l'amour* — disse, suspirando.

* * *

Já tinha passado da uma e Harry tinha ido embora. O clima entre eles estava mais relaxado, e eles trabalharam juntos e se divertiram, como faziam antes. Mapy sentia algo forte por ele, mas ainda estava confusa. Não queria pensar em Zayn, mesmo sabendo perfeitamente que o jogo entre eles não tinha terminado, contando que ele aparecesse de uma hora para outra.

Nesse momento, a srta. Wiston entrou na cozinha e lhe disse que havia alguém perguntando por ela.

Era Zayn. Ela tinha certeza.

Mas na loja só havia uma garota olhando os doces na vitrine. Nem sombra de Zayn.

— Pronto, senhorita, Mapy está aqui.

A garota olhou para ela, e Mapy a reconheceu imediatamente.

Era a fulana de Zayn!

Provavelmente estava ali para reivindicar seus direitos sobre ele. Que ficasse com ele! Mas a garota sorria cordialmente para Mapy.

— Oi, Mapy. Podemos conversar um pouquinho?

Mapy a seguiu para fora da confeitaria. Tinha a boca seca e sentia a ansiedade tomar conta dela.

— A gente se viu ontem à noite...

Mapy não disse uma só palavra. A garota fez uma pausa, depois recomeçou.

— O Zayn é meu irmão — disse e não acrescentou mais nada.

Provavelmente estava lhe dando tempo para processar a informação. Mapy continuava calada, com a cabeça completamente vazia.

— Ele é meu irmão, Mapy... Eu não sou namorada dele... Ele foi me buscar em Londres, chegamos aqui na quarta-feira.

A garota fez mais uma pausa. Tinha na mão uma sacola de papel, que abriu e retirou algumas fotografias.

— Olha, aqui estamos no meu aniversário de treze anos, e aqui foi quando ele voltou pra casa depois do programa. Aqui estamos com os nossos pais, e aqui estou com ele na festa de gala da Unicef.

Mapy ficou olhando aquela última foto, impressa da internet. Era recente. Os dois estavam abraçados, com roupas elegantes, posando para um fotógrafo em um tapete vermelho. Na foto estava escrito: "Zayn Malik e sua irmã Doniya".

— Ele é meu irmão, Mapy. Ele não está brincando com você, não existe nenhuma outra garota.

— Ele pediu pra você vir aqui?

— Não, ele não sabe. Meu irmão não é assim. Ele nunca me envolveria nisso. Mas eu vi como ele está. Nunca esteve tão abatido. Ontem, quando você foi embora, o Zayn ficou louco, começou a gritar, a chutar o carro. Parecia um animal enfurecido. Depois, como sempre faz quando está mal, ele se fechou e não disse uma palavra. Ele me levou até a mansão e saiu de novo.

Mapy estava pasma. Não sabia o que dizer; os pensamentos que se sobrepunham em sua mente eram tantos que nenhum deles chegava à superfície.

— Hoje de manhã, muito antes das sete, eu fui até o quarto dele. A cama estava intacta. Eu encontrei o Zayn no jardim e, assim que ele percebeu a minha presença, foi embora. Não posso ficar só olhando. É meu irmão. Quero todo o bem do mundo pra ele e, já que sou eu o problema, quero resolver.

— Não é você o problema — sussurrou Mapy.

A garota era mesmo irmã de Zayn, e Mapy estava se sentindo péssima.

— Não quero me intrometer nos assuntos do meu irmão... Só queria esclarecer o mal-entendido e te dizer em que pé estão as coisas.

— Obrigada.

Mapy entrou na confeitaria enquanto Doniya ia embora. Não voltou para a cozinha, pois já tinha terminado o serviço, e subiu diretamente para casa.

Telefonou para Hugo na mesma hora.

— É a irmã dele — ela começou.

— Foi ele quem te disse?

Hugo entendeu na hora de quem ela estava falando.

— Não, foi ela mesma. Ela veio aqui se explicar, até me mostrou umas fotos de família. Tinha uma bem recente de um baile da Unicef. Eles são mesmo irmãos.

Hugo refletiu um pouco.

— Isso muda um pouco as coisas...

— Eu me sinto péssima quando lembro de como tratei o Zayn, das coisas que eu disse, do jeito como bati nele sem dar ao menos uma chance para ele se explicar... Estou morrendo de vergonha, Hugo. Eu agi como uma louca.

— Você está estressada, Mapy, não fique se culpando. Você está passando por uma fase meio complicada, é normal se descontrolar.

— Acho que eu devia pedir desculpas pra ele...

Hugo fez outra pausa.

— É, acho que devia mesmo...

Mapy desligou e enviou uma mensagem para Zayn.

Suas mãos transpiravam e o coração saltava pela boca enquanto ela digitava as poucas palavras.

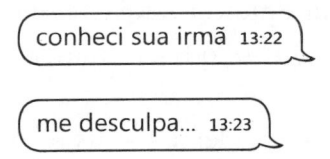

> conheci sua irmã 13:22

> me desculpa... 13:23

Ficou esperando pela resposta, sem tirar os olhos do celular. Depois de um minuto, escutou um bipe.

> comece a pensar no que vai fazer pra eu te perdoar! quase destruí o carro por sua culpa! ☺☺☺ 13:24

> me desculpa... de verdade... perdi completamente o controle 13:25

> não importa, mapy... vamos esquecer tudo isso... não vejo a hora de te ver... e vc não vai me impedir de te beijar! 13:26

Mapy sorriu e percebeu que também estava com vontade de ver Zayn. Escreveu num impulso:

> pq não agora? 13:27

> já estou no carro 13:28

> a gente se vê na nossa praia 13:29

Mapy se trocou rapidamente, colocou um biquíni e um vestidinho laranja, preparou voando a bolsa de praia e saiu.

Quando chegou à praça, Zayn já estava lá.

Eles ficaram se olhando, emocionados. Poucos passos os separavam. No ar, a eletricidade era tangível. Mapy deu o primeiro passo. Agora estavam frente a frente e se olhavam sem se falar.

— Desculpa...

Ele sorriu, a abraçou forte e lhe deu um beijo na testa. Não na boca. Mapy entendeu que ele fez aquilo por ela e se sentiu agradecida.

— Desculpa, Zayn... Eu entendi tudo errado... Sua irmã foi até a confeitaria e me explicou — ela disse, olhando-o nos olhos.

— Tudo bem, Mapy... Você vai aprender a confiar em mim, como eu confio em você — ele respondeu, sério.

Em seguida ele a pegou pela mão e eles se encaminharam para a praia.

* * *

Passaram-se cerca de duas horas desde que Zayn se encontrara com Mapy, e agora ele voltava para a mansão dirigindo devagar.

Tinham sido duas horas maravilhosas.

Ele estava apaixonado por Mapy.

Pela primeira vez desde que se conheceram, eles conversaram longamente. Foram à praia e mergulharam, depois, deitados ao sol, um ao lado do outro, começaram a conversar e não pararam mais.

Era estimulante estar com ela. Mapy era inteligente, perspicaz, às vezes engraçada e decididamente adorável. Conversaram sobre suas famílias, ele contou de suas três irmãs e de como era ligado a elas, enquanto Mapy lhe confessou que às vezes se sentia sozinha e que gostaria de ter tido uma irmã ou um irmão com o qual compartilhar a vida. Falaram do trabalho de Mapy, da escola, de música, dos filmes preferidos e dos livros que amavam. Passaram duas horas em absoluta sintonia.

    Zayn tinha vontade de ficar ali para sempre, mas Mapy precisava voltar para casa. Ela não falou no outro, e ele também não, mas a presença dele ainda estava ali. Zayn lhe daria todo o tempo necessário, mas estava decidido a lutar por ela. Ele tentaria conquistá-la dia após dia, e no fim ela o escolheria. Ele tinha certeza disso.

* * *

Mapy chegou depois das quatro e meia, e Hugo a esperava na calçada.

    — Onde é que você estava? Estou te esperando faz meia hora e te liguei um monte de vezes! Você me deixou preocupado...

    Mapy tinha esquecido o celular em casa. Ela sorriu para o amigo e lhe deu um beijo na bochecha enquanto abria a porta de casa.

    — Fui até a praia dar um mergulho — disse enquanto subia rapidamente as escadas. — Com o Zayn... — acrescentou.

Hugo parou, sem fôlego.

    — Com o Zayn? — perguntou, admirado.

    Quando eles se despediram ao telefone mais cedo, Mapy disse que enviaria uma mensagem de desculpas a Zayn, e agora Hugo descobria que eles tiveram uma tarde romântica na praia. A vida de sua amiga era mais movimentada que um seriado americano.

    Ela tomou um banho rapidíssimo e, enquanto secava os cabelos, contou a Hugo o que tinha acontecido, tanto naquela manhã com Harry quanto à tarde com Zayn.

    — E aí? De qual dos dois você gosta mais?

    — Dos dois. Não consigo escolher.

    Mapy desligou o secador e sentou perto do amigo na beirada da cama.

    — Hoje de manhã eu estava convencida de que era o Harry, mas, quando vi o Zayn de novo, senti uma emoção tão forte que fiquei confusa outra vez. Eles são muito diferentes. O Harry é meigo, carinhoso, é como um porto seguro, com ele eu me sinto amada, paparicada, e quando estou com ele fico tão bem que esqueço de tudo. Com o Zayn é como se eu estivesse numa montanha-russa! Ele é imprevisível, autêntico, atrevido e... eu adoro ele, Hugo! Não consigo abrir mão de nenhum dos dois.

— Mas você não pode continuar assim, sabia?

— É, eu sei. Mas hoje eu não quero pensar nisso. Agora vamos pro desfile nos divertir.

* * *

Harry estava fantasiado de Coringa. À tarde tinha comprado o que precisava em um centro comercial: spray para pintar os cabelos de verde, base branca para cobrir o rosto, lápis preto para pintar o contorno dos olhos, batom e lápis vermelho que aplicou abundantemente não apenas nos lábios, mas em toda a pele próxima, chegando quase até as orelhas, fazendo uma espécie de sorriso de escárnio. Vestiu calça e camisa pretas e um paletó roxo muito vivo. Estava perfeito e, principalmente, irreconhecível. Finalmente poderia caminhar na rua com Mapy e passar despercebido. Quando ela lhe perguntara se ele ia ao desfile, Harry dera uma desculpa, dizendo que havia surgido um compromisso de última hora na mansão. Ele viu a decepção em seu rosto, ainda que ela tentasse disfarçar.

— Nem mais tarde você consegue ir? — ela perguntou depois de algum tempo.

— Não sei, Mapy — ele respondeu.

Ele estacionou no pátio da confeitaria. A cozinha estava fechada, e Harry deu a volta no prédio para verificar se Mapy ainda estava em casa. Tocou a campainha, mas ninguém atendeu. Espiou pela loja, mas não havia nem sombra dela. Ele a procuraria pelas ruas do centro, pois sabia que ela estaria fantasiada de Iridessa e que seu vestidinho amarelo se destacaria entre os demais. Queria aparecer diante dela sem avisar e lhe fazer uma surpresa.

* * *

Zayn procurava um lugar para estacionar. Havia chegado tarde a Sun Place, e a polícia já tinha interditado algumas ruas. Doniya e Liam o acompanhavam, vestidos de Irmãos Metralha. O terceiro componente era Louis, com o qual haviam combinado de se encontrar no centro. Zayn tinha se fantasiado de Zorro, e estava muito bem. Passou gel nos cabelos, vestiu uma camisa branca de seda e uma capa de algodão acetinado, muito cenográfica. Assim como os outros, ele também usava máscara.

Achou uma vaga, e eles saíram do carro.

Havia muita gente rindo e se divertindo. Nas esquinas ele notou pequenas atrações: malabaristas, ilusionistas, aspirantes a mágico e alguns grupos de músicos, que divertiam a multidão com canções alegres para dançar. Havia também diversas barracas, principalmente de doces e bebidas, e o clima era festivo e envolvente.

Ele ligou para Mapy, que atendeu no quarto toque.

— Onde você está? — ele perguntou.

— Na London Avenue.

Ele mal a ouvia e teve de aumentar o tom de voz.

— Não tenho ideia de onde fica... — respondeu.

— Fala onde você está que a gente vai até aí.

— A gente? Você e quem?

— Eu e o Hugo.

— E quem é esse Hugo? — ele perguntou, desconfiado.

Do outro lado da linha, ele ouviu quando ela riu e cochichou com alguém.

— É aquele que estava comigo naquela noite e quase te deu uns socos — ela respondeu.

— Ah, entendi. O seu amigo do short ridículo.

— Na verdade era um pijama.

— Como assim, um pijama?

— É uma longa história, Zayn, depois eu te conto. Fala onde você está.

Mapy disse que chegaria logo, e realmente, depois de alguns mi nutos, ele a viu no meio da multidão.

Ela estava maravilhosa. Usava um vestidinho amarelo de organza macia, com um corpete tomara que caia com decote coração e uma saia curta, formada por diversas pétalas sobrepostas do mesmo tecido e cravejada de pedrinhas brilhantes. Tinha duas asas revestidas por um véu semitransparente e cintilante, e o cabelo preso em um coque alto com uma coroinha de flores amarelas. No lugar da máscara, fez uma maquiagem lindíssima que lembrava asas e chegava até a testa. Zayn olhou para ela enquanto ia a seu encontro. Estava sem fôlego.

— Estamos aqui — ela disse, alegre. — Esse é o Hugo.

A seu lado havia um garoto alto de corpo atlético, vestido de Peter Pan e com uma pequena máscara verde.

Hugo apertou a mão dele, sorrindo cordialmente, e no mesmo instante Zayn compreendeu duas coisas: a primeira, que ele sabia tudo sobre Mapy; a segunda, que entre os dois não havia absolutamente nada e que eram como irmãos. Zayn fez as apresentações.

— Essa é minha irmã Doniya, e aquele é o Liam.

Mapy sorriu para os dois e trocou algumas palavras com Doniya.

— O seu vestido é lindo! É uma das fadas da Disney, não?

— Sim, estou fantasiada de Iridessa.

— Ficou ótima em você, e a maquiagem está perfeita. Foi você que fez?

Nesse momento, Zayn se aproximou.

— Se eu soubesse que o vestido era tão curto, não teria deixado você usar — sussurrou no ouvido de Mapy.

Ela sorriu enquanto respondia à irmã dele.

— Não, eu não saberia fazer isso. Quase nunca uso maquiagem. Foi uma maquiadora profissional, que levou menos de vinte minutos pra fazer.

Liam não tirava os olhos de Mapy. Ela era realmente linda, mas o que mais impressionava eram seu olhar luminoso e seu sorriso aberto. Agora ele entendia por que Zayn tinha perdido a cabeça por aquela garota.

— Se você não parar de olhar pra ela, eu te quebro a cara — Zayn disse para o amigo, entre dentes.

Liam riu.

— Mas se ela te der o fora posso tentar?

— Cai fora! Já tem concorrência demais.

Eles foram para a avenida por onde passaria o desfile. Doniya e Hugo iam na frente, conversando animadamente, seguidos por Liam, que gravava tudo em volta deles com uma câmera, e atrás iam Zayn e Mapy.

Ele lhe disse alguma coisa, mas com o barulho ela não entendeu.

— O que você disse? — ela perguntou, virando-se para ele.

Ele continuava olhando para frente, com um sorriso manhoso no rosto.

— Eu disse que te amo.

Mapy parou, com o coração em alvoroço. Ele deu mais alguns passos, depois se virou e lhe disse "Eu te amo" usando linguagem de sinais. Eles ficaram se olhando no meio da rua, indiferentes às pessoas que passavam por eles.

Zayn, que estava alguns passos à frente de Mapy, voltou segurando uma ponta da capa, depois envolveu os dois dentro dela.

— Eu tenho um beijo de crédito — disse, olhando-a nos olhos.

Mapy não conseguia pensar em mais nada, a não ser naquilo que ele tinha dito. Ele a amava. Um sorriso radiante aflorou em seus lábios.

— Aqui está o seu beijo — ela respondeu.

Em seguida o abraçou, deu um beijo estalado na bochecha de Zayn e se afastou imediatamente, continuando a andar. Depois se virou para olhá-lo. Ele ainda estava parado.

— Não se iluda! Você ainda me deve um beijo! — ele disse, rindo enquanto a alcançava.

Hugo e Doniya estavam parados alguns metros adiante. Quando Hugo os viu chegando, notou que Mapy sorria quando falava com Zayn e que os dois caminhavam de braços dados. Ele nunca a tinha visto tão feliz.

* * *

Megan também estava nas nuvens. Niall tinha lhe mandado uma mensagem no WhatsApp dizendo que estava na frente da casa dela. E não estava sozinho. Louis estava com ele, e Megan estava emocionada com a ideia de conhecê-lo. O vestidinho de Minnie ficou muito bem nela, e a tiara com as orelhas e o enorme laço vermelho de bolinhas brancas cobria seus cachos loiros. Ela morava atrás da rua principal, e havia muita gente por lá. Abriu o portão e viu Niall parado, olhando para ela, extasiado. Em seguida, ele a beijou na boca.

— Você está com gosto de morango — cochichou, enquanto a pegava pela mão e a conduzia até onde estava um garoto alto de calça azul-marinho e malha vermelha, com uma placa amarela sobre o peito, onde se liam os números 167-671. Tinha uma barriga falsa enorme, usava um boné verde e uma pequena máscara preta sobre os olhos. Estava irreconhecível. E, no entanto, era ele, Louis Tomlinson.

— Essa é a minha Megan — disse Niall, que, com sua roupa de Mickey Mouse e uma pequena máscara preta, também se fundia com a multidão.

— Oi — Louis disse, sorridente.

— Oi — respondeu Megan.

Então foram para o local do desfile. Megan logo se sentiu à vontade com Louis e conseguiu falar e brincar com ele como se fosse um garoto comum.

Niall olhava para ela, maravilhado. Estava linda e, com a ponta preta no nariz e o batom vermelho, ainda mais adorável.

— Vocês estão fofos, preciso tirar uma foto. Façam pose.

* * *

Louis não era o único que fotografava o casal. Alana estava um arraso vestida de Mulher-Gato, com um macacão justíssimo de couro preto com um corpete amarrado nas costas. Obviamente, usava um rabo, e as botas iam até acima dos joelhos, com salto agulha de quinze centímetros. No rosto usava uma máscara, também de couro, que cobria os olhos e a cabeça, e da qual saíam duas pequenas orelhas pontudas. Estava na frente da casa de Megan, do outro lado da rua. Ao lado dela estava seu tio Bredford com uma máquina fotográfica, tirando muitas fotos. Perto dele, um garoto alto e loiro com uma câmera de vídeo abaixada.

— São eles — disse. — Vamos!

* * *

O desfile estava no auge. Havia uma dezena de carros alegóricos e grupos de jovens com roupas temáticas dançando coreografias muito sugestivas. Harry procurava Mapy entre a multidão, mas ainda não a tinha encontrado. Ele sabia que os meninos da banda estavam ali. Na mansão tinha visto, rapidamente, Liam, Louis e a irmã de Zayn vestidos de Irmãos Metralha. Estavam incríveis. Eles se encontrariam no centro, como havia sido combinado. Se fosse preciso, trocariam mensagens.

Harry tinha acabado de se deslocar quando, diante dele, avistou um boné verde e uma malha vermelha.

— Liam — chamou, indo até ele.

O amigo se virou e hesitou por um instante.

— Harry! Caramba, você está irreconhecível! Está realmente perturbador como Coringa.

— Cadê os outros?

— Não sei, perdi de vista, mas depois do desfile eu procuro. Agora está muito tumultuado. Aonde você vai?

— Tudo bem, te vejo depois — disse Harry, começando a andar novamente.

— Mas aonde você vai? — repetiu Liam.

— Procurar a Mapy... — respondeu Harry, de longe.

* * *

Mapy estava parada perto de uma banca enquanto Zayn comprava doces. Havia um mar de gente, e eles tinham perdido todos os outros de vista. Então, do outro lado da rua, ela viu uma Minnie. Deu alguns passos e reconheceu Megan. Mapy a chamou, mas a amiga não podia ouvi-la. Mapy enviou rapidamente uma mensagem para ela, mas não a viu pegar o celular. Provavelmente não o tinha trazido ou não estava escutando. Estava falando com o Mickey Mouse... que devia ser Niall. Ela o viu quando ele beijou a ponta do nariz de Megan. Os dois estavam uma gracinha juntos, e depois do desfile ela procuraria Megan.

Zayn chegou com alguns marshmallows e um pirulito em forma de coração que tinha comprado para ela.

— Aquela ali é a minha amiga Megan — Mapy disse a ele.
— Onde? — ele perguntou.

Ela apontou para o lugar, mas havia muitas pessoas, e eles não estavam mais lá.

— Não tem importância — ela disse, um pouco decepcionada. — Depois a gente encontra com eles.

A uns dez metros de distância de Megan e Niall, Mapy viu algumas pessoas que se moviam mais rápido que as outras e atraíram sua atenção.

Um deles ela não conhecia — era um garoto alto e loiro com uma filmadora profissional nas mãos. Perto dele estava o sr. Bredford, transpirando e com a peruca ameaçando cair a qualquer momento. Mapy sorriu. O jornalista parecia estar com muita pressa. Atrás dele havia uma garota muito alta, vestida com um macacão preto e uma máscara que lhe cobria a cabeça. Alana. Um sinal de alarme soou em sua mente. Ficou na ponta dos pés para ver melhor, mas não conseguiu. Então disse a Zayn:

— Me pega no colo e me levanta. Preciso ver uma coisa.

Ela tinha uma expressão séria e preocupada, e Zayn não fez perguntas. Ele a pegou pelas coxas e a ergueu pelo menos um metro.

A rua tinha uma inclinação que lhe permitia ver bem todo o lado à sua direita, que era para onde os três se moviam. Ela os viu andando entre a multidão. Às vezes aceleravam, outras paravam, mas era evidente que estavam seguindo alguém. Uns dez metros adiante, viu dois pares de orelhas pretas e o laço vermelho com bolinhas brancas: eram Megan e Niall. Ela observou a cena com terror crescente: eles estavam seguindo os dois!

— Me põe no chão — ela gritou para Zayn.

— Mapy, o que está acontecendo?

— Preciso ir embora agora, depois eu te ligo.

Já ia se afastando, quando Zayn a segurou pelo braço.

— Mapy! Mas aonde você vai? Eu vou com você.

— Não! Você não pode!

Ela não podia contar a Zayn que Megan estava com um pop star incógnito e que provavelmente Alana ia aprontar alguma confusão. Ela pegou o rosto dele entre as mãos e o olhou nos olhos.

— Por favor, confia em mim. Eu te ligo depois — disse a Zayn.

Em seguida atravessou a rua e desapareceu na multidão.

* * *

Louis encontrou Harry por acaso, depois de ter perdido Niall e Megan. Não tinha nenhuma pressa de encontrá-los, afinal não queria segurar vela.

— Caramba, que confusão! — comentou entusiasmado.

Harry parecia inquieto, procurando sua famosa Mapy entre a multidão.

De repente ele mudou de caminho.

— Ei, Harry, aonde você vai?

— Eu vi a Mapy! Vou atrás dela! — ele gritou, movendo-se naquele mar de gente.

Louis o seguiu.

Harry tinha visto um vestido amarelo se movimentando no meio da multidão. Viu até as asas. Tentou chamá-la, mas Mapy não podia ouvi-lo por causa do barulho. A certa altura, quando ela parou para olhar em volta, ele esticou o braço e ela se virou abruptamente. Assim como Liam uns minutos atrás, ela teve um momento de hesitação, mas a emoção que sentiu na boca do estômago lhe confirmou que era ele.

— Harry! O que você está fazendo aqui? — perguntou, admirada.

— Queria te fazer uma surpresa — ele disse, sorrindo. — Não via a hora de te ver — acrescentou.

Louis tinha parado um passo atrás e os observava. Aquela garota era um arraso. Era ainda mais bonita do que Harry lhe dissera, e tinha um sorriso radiante.

— Harry, o mal-educado de sempre! — disse Louis, dando um passo para frente. Depois se dirigiu a ela. — Eu me apresento sozinho. Duvido muito que ele me apresentasse... Também, o Harry tem medo de mim, sabe que as garotas não resistem ao meu charme!

Mapy riu e estendeu a mão.

— Eu sou a Mapy.

Com um galanteio, Louis levou a mão dela aos lábios, beijando-a de leve.

— *Enchanté, madame* — disse, fazendo uma reverência. — Eu sou o Louis, e agora entendo por que o Harry está louco por você.

Mapy enrubesceu levemente e abaixou o olhar. Harry olhava para ela encantado, enquanto ela continuava a lançar olhares para onde Alana tinha parado. *Obviamente Niall e Megan também devem ter parado*, pensou.

Harry notou aqueles olhares e percebeu que Mapy estava agitada: ela falava com Louis sorrindo cordialmente, mas observava apreensivamente o fim da rua e uma leve ansiedade transparecia em seu olhar.

— Está tudo bem? — ele perguntou.

Mapy ficou visivelmente agitada. Alana estava andando, ela tinha que ir embora.

— Na verdade não posso ficar aqui agora, Harry — disse apressadamente, enquanto se despedia dos dois. — Tenho algo urgente a fazer. Depois eu te ligo.

Então se virou e, literalmente, sumiu na multidão.

Harry olhou para Louis, atônito.

— Não tenho nada com isso — exclamou o amigo. — Não tive nem tempo de espantar a garota! Geralmente elas aguentam uns dois dias!

Harry sorriu da piadinha, sem entender o que estava acontecendo.

* * *

Megan e Niall caminhavam na direção da praça. Tinham deixado o desfile para trás e procuravam algo refrescante para beber. Andavam de mãos dadas e trocavam carinhos enquanto Alana, Bredford e o operador de vídeo continuavam colados neles.

Mapy estava alguns metros atrás. Não conseguia mais ver Alana e estava louca de preocupação. Tentou ligar para o celular de Megan, mas ela não atendia. Ligou para Hugo, mas ele também não atendeu. Mandou uma mensagem para ele no WhatsApp — "me ligue com urgência!" — e incluiu sua posição no Google Maps.

Continuou procurando Alana ou Megan na multidão, indo para o outro lado, mas em vão. Depois lembrou que Megan tinha lhe dito que queria levar Niall para experimentar a fabulosa granita de morango que faziam na Quenn Ice Cream, uma sorveteria muito famosa. Pegou um atalho por uma rua lateral, esperando chegar a tempo.

* * *

Megan e Niall chegaram à Quenn. O lugar era muito simpático e ficava numa travessa da avenida principal. Havia um bocado de gente por lá, mas não estava lotado. Niall entrou, comprou duas granitas e voltou para fora. Megan estava apoiada em uma cerca que delimitava um canteiro e olhava para ele, feliz. Ele lhe entregou um copo e tirou a máscara e as orelhas.

— Niall, talvez seja melhor ficar com isso — Megan lhe disse.

— Vou tirar só um pouco. Quando sairmos daqui, eu ponho de novo — ele respondeu. Depois lhe deu um beijo nos lábios e uma colherada de creme de morango, beijando-a novamente em seguida.

A alguns metros de distância, Alana observava a cena enquanto seu tio Bredford tirava dezenas de fotografias. Ele tirou um microfone de um dos bolsos da calça e fez um sinal para o operador, que ligou a câmera de tevê. Tinha chegado o momento, o furo que esperava havia muito tempo. Ele começou a falar ao microfone, avançando lentamente na direção de Niall e Megan, que, de costas para ele, ignoravam tudo.

— Olá, amigos. Diretamente de Sun Place, aqui é o seu Bredford, em rede nacional e com a gentil colaboração da BBC News. Como anunciei no meu site, o *Sun Place News* online, hoje vou revelar quem é o astro internacional que há alguns dias circula em nossa agradável cidadezinha. Estamos falando de um cantor muito famoso, que, com sua banda, vendeu milhões de discos, é idolatrado por jovens do mundo todo e tem milhões de seguidores no Facebook. Ele é muito famoso, é inacessível, é extraordinário e é o ídolo de milhares de jovens, que se inspiram nele e que têm o rosto nítido e sorridente do belo jovem estampado em pôsteres no quarto. É o novo sonho britânico, o protagonista indiscutível do YouTube, onde, com suas brincadeiras e pegadinhas, tem milhões de visualizações. É o garoto comum que, ao passar pelo *X Factor*, virou um astro, um verdadeiro astro.

Bredford caminhava lentamente enquanto prosseguia sua apresentação, que tinha começado de modo tranquilo, mas que pouco a pouco se tornava cada vez mais intensa e cheia de entusiasmo. Ele estava a um passo de Niall e Megan, que só naquele momento se viraram para entender o que estava acontecendo. Bredford agora estava gritando, enquanto dezenas de pessoas se juntavam em volta dele. Ele fez um sinal para o operador, que virou a câmera abruptamente, apontando-a para Niall.

— Senhoras e senhores, aqui está NIALL HORAN do ONE DIRECTION!

Ao estrondoso anúncio, o inferno explodiu.

Dezenas de garotas se aproximaram para ver e, quando Bredford pronunciou o nome de Niall, algumas o reconheceram imediatamente e começaram a gritar. Os gritos atraíram mais gente e, em poucos segundos, centenas de pessoas olhavam curiosas na direção deles, aproximando-se cada vez mais.

Bredford agora apontava o microfone para o rosto dele e o bombardeava de perguntas.

— Então, Niall, é verdade que a sua namorada é de Sun Place? É verdade que vocês vão se casar em breve? Vão morar aqui? Onde vão realizar o casamento? O que você acha da nossa agradável cidadezinha? Por acaso você comprou uma casa aqui perto? Pensa em ficar aqui por um bom tempo? Onde estão os outros membros da banda? É verdade que Harry Styles também está aqui? Quando vai sair o disco novo? Quantos milhões de cópias vocês venderam? Como é ser idolatrado por milhões de fãs?

Bredford estava praticamente assediando Niall, enquanto dezenas de outras pessoas o chamavam de todos os lados.

— Niall, uma foto! Niall, só quero um beijo! Niall, um autógrafo!

A balbúrdia era infernal, e alguns estendiam a mão para tocá-lo. Outro lhe roubou a máscara e as orelhas de Mickey Mouse que ele tinha apoiado sobre a cerca, enquanto um bando de garotas histéricas tentava se aproximar dele, chorando desesperadamente.

— NIALL! NIALL! POR FAVOR!!! POR FAVOR!!!

A polícia local já ia intervir, alertada por alguém. Niall estava atordoado e zonzo pela surpresa. Já Megan estava em choque. Ele estava acostumado com cenas como aquela, mas ela não, e começou a temer pela integridade física deles. Ela não podia acreditar que aquilo tinha se desencadeado em poucos segundos e não se convencia de que estava mesmo acontecendo. Eles estavam em pé, com a cerca do canteiro atrás, e não podiam ir a lugar nenhum. Em volta deles havia muita gente tentando ter algum contato com Niall.

Um policial abriu caminho entre a multidão e se aproximou de Bredford para lhe perguntar o que estava acontecendo.

O jornalista, sempre olhando para a câmera, disse:

— Nada, seu policial! Temos aqui conosco NIALL HORAN do ONE DIRECTION! Uma celebridade!

Dizendo isso, provocou mais gritos histéricos.

Enquanto Bredford falava com o policial, o cameraman se aproximou de Niall e Megan para gravar a cena. Estava enquadrando o jornalista e o tira quando se virou um instante para direcionar sua atenção a Megan. Falou em voz alta, para se fazer ouvir acima do barulho e dos gritos:

— Parabéns, Megan! Caramba, que furo! Você foi ótima! Vai nos render muito dinheiro! Amanhã chega o seu cheque! Estamos ricos, Megan!!!

E se virou de novo para enquadrar melhor Bredford, que continuava com o seu monólogo.

Megan sentiu o sangue gelar nas veias e de repente não ouviu mais nada. Era como se tudo estivesse em câmera lenta. Via as pessoas se movendo lentamente e nenhum som distinto chegava a seus ouvidos, apenas um distante vozerio cavernoso. Viu o rosto de Niall enquanto escutava aquelas palavras, viu seu olhar chocado e inquisitivo, depois a desilusão. Ela o viu fechar os olhos, como se quisesse espantar um pensamento que o machucava demais, mas que não podia evitar. E o viu reabri-los, fitando-a com horror. Ele estava enojado. Com ela.

Megan se recobrou daquele momento de percepção amortecida e voltou a ouvir o barulho e os gritos. Estava vermelha e não conseguia falar. Niall a encarava, entre a incredulidade e o desprezo. Ele já tinha decidido que ela era culpada, sem nem escutar sua defesa. Fez menção de ir embora

Megan o segurou pelo braço. Ainda não conseguia entender completamente o que estava acontecendo.

Ele deu um puxão e se afastou dela.

— Vai embora! Como você pôde fazer isso comigo? Como pôde fingir assim? Nunca mais quero te ver! — gritou na cara dela.

Ele foi engolido pela multidão enquanto Megan ficava sozinha, incapaz de mover um dedo. Enquanto isso, outros jornalistas, vindos sabe-se lá de onde, faziam dezenas de perguntas e tiravam fotografias dela. As lágrimas começaram a escorrer em seu rosto.

Do paredão de gente que havia diante dela, alguém abriu caminho aos empurrões. Era Mapy.

— Me deixem passar! Me deixem passar! — ela gritava.

Quando a viu, Megan correu ao encontro dela, tremendo como uma vara verde e branca como um fantasma. Então desmaiou nos braços de Mapy, enquanto a amiga, aterrorizada, tentava levá-la para longe de toda aquela gente.

* * *

Niall estava completamente atordoado. Ele se sentia tonto e desorientado, enquanto andava entre as pessoas que tentavam falar com ele, tirar uma foto ou simplesmente tocá-lo. Ele não sabia onde estava nem, principalmente, como sairia dali. De repente, alguém o agarrou pelo braço e sussurrou em seu ouvido:

— Vem atrás de mim que eu te tiro desse inferno.

Ele não tinha alternativa e não opôs resistência. Foi arrastado para a entrada de um edifício e uma porta se fechou atrás dele. Era uma garota com um macacão de couro negro, muito sexy. Usava uma máscara no rosto, que, ao ser retirada, revelou um cabelo chanel loiro e lindos olhos azuis.

— Vem, tem uma saída de emergência, vamos por ali — disse ela. Quando estavam diante de outra porta, ela lhe deu um pequeno embrulho. — Coloca isso.

Niall o abriu. Era um manto negro com capuz. Ele o vestiu depressa, e em seguida os dois saíram. Bastaram poucos passos e chegaram algumas garotas que pararam diante da porta fechada.

— Ele deve sair por aqui mais cedo ou mais tarde! Juro que vou raptar o Niall! Como eu amo esse menino!!! — ele as ouviu dizer.

A garota puxou o manto e abraçou Niall, escondendo os dois daquele grupinho de fãs empolgadas. Eles se afastaram depressa, cortando caminho por ruazinhas secundárias, enquanto o ruído ficava cada vez mais distante.

Niall não conseguia pensar claramente. Um pensamento fixo martelava sua cabeça: Megan o havia traído da maneira mais vil e mesquinha. Por dinheiro!

* * *

Harry ligou para Mapy dezenas de vezes, sem receber resposta. Estava preocupado. O desfile tinha acabado de terminar, mas a multidão continuava perambulando pelas ruas do centro. A noite estava perfeita, os bares e pubs estavam cheios, e em todos os lugares havia um vozerio alegre. Ele continuou andando para cima e para baixo esperando encontrá-la, sempre com o celular colado no ouvido, mas nem sombra de Mapy. Foi até a frente da casa dela: não havia ninguém, e a confeitaria também estava fechada. Ele não sabia o que pensar.

* * *

Zayn parecia um leão enjaulado. Quando o desfile terminou, encontrou novamente sua irmã e Liam. Faltava Hugo, que se perdera na multidão. Mapy havia pedido que Zayn confiasse nela, e ele queria fazer isso, mas uma ânsia crescente o oprimia. Olhou em volta à procura dela, mas Mapy parecia ter desaparecido no nada. Ficou preocupado e tentou ligar de novo, mas ela continuava sem atender. Então lhe enviou a enésima mensagem.

> onde vc está? tá tudo bem? responde, mapy! estou preocupado!!! 19:30

* * *

Megan chorava desesperada. Ainda estava em choque, enquanto Hugo verificava pela janela os jornalistas e curiosos acampados na frente da casa. Havia cerca de uma hora, ele tinha pegado o celular para ligar para Mapy e viu umas dez ligações dela e duas mensagens de WhatsApp. A última tinha acabado de chegar e dizia:

> é uma emergência!!! vem pra cá agora!!!

E havia sua localização no Google Maps. Ela estava na Quenn.

Ele chegou depois de alguns minutos e encontrou uma multidão inacreditável, que olhava para um ponto específico. Havia dezenas de flashes, gente filmando com o celular, garotas gritando e chorando. O medo travou seu estômago. Talvez fosse um acidente ou alguém passando mal.

Mapy!, ele pensou.

Então se lançou na aglomeração, abrindo espaço aos empurrões e chegando ao ponto central. Lá estava Mapy, inclinada sobre o chão. Ela dava tapinhas em Megan, que estava desmaiada, enquanto um garoto alto e loiro filmava a cena com uma câmera profissional.

— Megan! Megan! — ela chamava, mas a amiga não respondia.

Hugo se aproximou, aos gritos.

— Abram caminho! Assim ela não consegue respirar! Vão embora! — E também se agachou. — Mapy, o que está acontecendo?

Ela o olhou e agradeceu a Deus por ele ter chegado. Megan tinha desmaiado, e ela estava aterrorizada.

— Vamos tirar a Megan daqui — disse com firmeza.

Hugo não fez perguntas. Não era a hora.

Ele pegou Megan no colo e tentou abrir caminho entre a multidão. Eles conseguiram sair daquela baderna humana e se afastaram depressa. Mapy continuava chamando a amiga. Atrás deles, ouviram passos agitados. Alguns homens munidos de máquinas fotográficas os seguiam, perseguidos de perto por outras pessoas.

— Vamos levar a Megan pra casa — disse Hugo.

Megan morava ali perto, e Mapy revistou os bolsos da fantasia de Minnie à procura das chaves. Os jornalistas os alcançaram e, nos poucos metros que faltavam até o portão, começaram a fazer perguntas.

— Ela está grávida?

— Usa drogas?

— É a namorada de Niall Horan?

— Onde ela o conheceu?

— É verdade que eles se casaram em segredo?

Mapy e Hugo não se dignaram a olhar para eles. Mapy abriu o portão, e eles entraram. Não havia ninguém em casa.

Levaram Megan para o quarto dela, e Hugo a deitou na cama.

— Você tira a fantasia dela e eu vou pegar um pouco de água.

Mapy fez o que o amigo disse. Tirou a fantasia dela, as orelhas de Minnie e os sapatos, enquanto Megan começava a se mexer. Hugo chegou com água fresca e jogou um pouco no rosto dela, dando-lhe uns tapinhas. Mapy foi até a cozinha pegar vinagre.

— Usa isso — ela disse.

Hugo abriu a garrafa e derramou um pouco do líquido amarelado nas mãos, esfregando-as levemente para liberar o odor ácido. Depois fez com que ela respirasse aquilo.

Megan se agitou e abriu os olhos. Parecia atordoada.

Mapy falou ternamente com ela e lhe deu um copo de água com açúcar. Megan estava acordada, mas em choque. Bebeu a água e se apoiou na cabeceira da cama.

Sua mente estava processando os últimos acontecimentos, e de repente ela se lembrou de tudo.

Desesperada, começou a chorar, enquanto Mapy a apertava contra o peito.

* * *

Zayn atendeu no primeiro toque. Esperava que fosse Mapy, mas era o guarda-costas deles, Paul Higgins.

— Onde é que vocês estão?

— Em Sun Place — ele respondeu secamente.

— O Niall está com você?

— Não, por quê?

— Caramba, estão me ligando do mundo inteiro! Ele deve ter aprontado alguma confusão! Estão pipocando notícias de diversas agências...

— Mas o que estão dizendo? — perguntou Zayn, preocupado.

— Um monte de absurdos! Que o Niall casou em segredo, que engravidou uma garota misteriosa, uma notícia fala até em disfarce! Mas o que está acontecendo?

— Não tenho a menor ideia, mas é tudo besteira!

— Encontre os outros e voltem para a mansão!

— Não posso!

— Zayn, amanhã é a apresentação do novo disco e vai ser uma bagunça dos diabos!

— Paul, eu não posso! Quando terminar aqui, eu volto!

Ele desligou o telefone e ligou para os outros. Só Harry atendeu. Paul já tinha ligado para ele.

— Você tem ideia do que aconteceu?

— Não, mas você sabe como são os jornalistas ingleses, não sabe? Se você falar com uma garota, ela já é sua namorada, se der um beijo nela, ela está grávida... Devem ter flagrado o Niall com alguém e fizeram um estardalhaço! Você está voltando para a mansão? — ele perguntou.

— Não... Vou voltar mais tarde.

— Tudo bem.

* * *

Havia cada vez mais gente na frente da casa de Megan. A notícia tinha se espalhado rapidamente e o telefone tocava sem parar, até que o pai dela o arrancou da tomada, num impulso de raiva. Megan estava péssima, chorava muito e se sentia arrasada.

Seus pais haviam chegado vinte minutos depois deles, alertados por dezenas de telefonemas de gente curiosa que perguntava sobre sua filha e o namorado famoso. Quando alguém contou a eles que a garota tinha desmaiado na frente da Quenn, eles entraram em pânico e ligaram imediatamente para ela. Quem atendeu foi Mapy, que os tranquilizou dizendo que já estavam em casa. Então eles foram para lá rapidamente, mas tiveram dificuldade para atravessar a multidão de curiosos e jornalistas parados na entrada. Estavam muito preocupados e não responderam a nenhuma pergunta.

Megan não estava em condições de falar, e Mapy explicou aos pais dela o que havia acontecido. Hugo escutava novamente o que a amiga havia lhe contado poucos minutos atrás. Ele não conseguia acreditar nem se convencer.

Mapy contou a eles sobre Niall, como os dois haviam se conhecido, que fora amor à primeira vista, que tinham saído juntos praticamente todos os dias e prestado o máximo de atenção para evitar que reconhecessem o cantor. Só ela sabia da verdade. Hugo também desconhecia toda a história. A única pessoa que descobrira o nome do namorado de Megan tinha sido Alana, mas como ela conseguiu ligar o nome de Niall à sua verdadeira identidade e, portanto, ao One Direction permanecia um mistério. Mapy só tinha certeza de uma coisa: Alana estava por trás daquilo tudo.

*　*　*

Alana sorria satisfeita. Tinha conquistado a confiança de Niall, que não parava de lhe agradecer pela ajuda. Tinha sido providencial, segundo ele.

Depois que escapuliram pela porta, Alana o levou até seu carro, estacionado ali perto, e eles saíram rapidamente do centro, parando num mirante à beira da estrada.

Niall não conseguia se render às evidências. Não podia crer que Megan conseguira enganá-lo sem que ele desconfiasse de nada. Em sua mente, ele relembrava seu sorriso sincero, sua simplicidade, sua espontaneidade, e não podia acreditar que era tudo fruto de sua imaginação.

A garota ao lado dele o olhava, compreensiva.

— Eu sei o que você está passando. Eu sou modelo, é claro que não sou famosa como você, mas sou a favorita do concurso Top Model do Ano. E se comigo os jornalistas já são implacáveis, imagino com um astro como você.

— Eu estou acostumado com os jornalistas. É com a maldade e a mesquinharia das pessoas que ainda não estou calejado...

Havia amargura em suas palavras. Niall tentava reprimir o que sentia. Não queria ficar mal por causa de Megan. Ela não merecia. Ela o havia magoado demais, e ele nunca a perdoaria.

— Pra onde você quer que eu te leve? — Alana perguntou.

— Pra uma mansão a alguns quilômetros daqui, se não se importar.

— Está brincando? Faço tudo o que você quiser — ela respondeu, sorrindo de um jeito meloso.

* * *

Niall tinha acabado de atravessar o portão.

Coitado, está transtornado, pensou Alana. *Mas não é por causa dos jornalistas ou da confusão, e sim por causa daquela mosca-morta da Megan!*

Ele não tinha dito nada, mas ela entendera.

A lembrança de Megan, disse a si mesma, duraria pouco. Por enquanto, Alana bancaria a amiga desinteressada que consola um coração partido, talvez lançando aqui e ali algum comentário que prejudicasse Megan. Exatamente como tinha feito antes, quando, muito inocentemente, perguntou como é que tinha sido possível ele ser reconhecido com a fantasia de Mickey Mouse e, principalmente, como os jornalistas haviam ficado sabendo que ele estaria naquele momento, naquela praça.

— Alguém falou alguma coisa, é claro — ele respondeu, irônico.

— Quem sabia que era você e que estaria ali? — ela insistiu com calma, fazendo de conta que estava raciocinando.

Ele não respondeu imediatamente, depois o fez quase num sussurro.

— Uma única pessoa — concluiu.

Alana estava exultante! Seu plano tinha sido um sucesso; aliás, tinha dado mais certo do que ela esperava. Niall até a convidou para uma festa no dia seguinte. Agora só precisava seduzi-lo e começaria usando um vestido arrasador que tinha acabado de comprar em Londres.

Ela havia planejado descartar Megan logo após descobrir quem ele era. Alguns dias atrás, depois de ter seguido os dois durante uma noite inteira, olhou as fotos que havia tirado de Niall com ela, mas não se lembrou de onde o conhecia. Então foi dormir, mas estava tão eufórica que não conseguiu adormecer. Ligou a televisão na esperança de que o barulho lhe desse sono, quando uma propaganda fez com que ela pulasse da cama.

Era a propaganda de um livro, uma biografia ilustrada do One Direction. Na tela surgiram os rostos componentes da banda, sorridentes, enquanto uma voz persuasiva convidava a ir à livraria comprá-lo.

Alana não podia acreditar. Não era possível! Estava enganada! Ela se levantou e foi correndo até o computador para fazer uma busca na internet. Digitou "One Direction" e abriu a primeira página com o nome "Niall". Ficou observando a imagem e depois abriu a pasta do computador com as fotos tiradas algumas horas antes. Era ele, não havia dúvida!

O namorado de Megan era Niall Horan, do One Direction!

Era dali que ela o conhecia! Dos jornais! E por isso todo aquele mistério. Alana não se conformava com a enorme sorte de Megan, mas logo as coisas mudariam: Niall seria seu.

* * *

Ao sair da casa de Megan, Mapy ligou para Zayn, mas o celular dele estava fora de área. Depois tentou o número de Harry, que atendeu no primeiro toque. Ainda havia muita gente nas ruas, apesar de já ser quase dez horas, e ela teve de apertar o celular contra a orelha para ouvir o que Harry estava dizendo.

— Onde é que você está? — ele perguntou, bravo.

— Chegando em casa — ela respondeu.

— Te espero no pátio, atrás da cozinha — ele disse com firmeza, desligando em seguida.

Por um lado, Harry se sentia aliviado porque Mapy estava bem e não tinha acontecido nada. Mas, por outro, estava furioso, não apenas porque ela havia desaparecido por mais de três horas, mas principalmente porque ele desconfiava de que ela tinha saído com o outro cara.

Era a única explicação que ele conseguia imaginar e, quanto mais pensava nisso, mais se convencia. Ele lhe dissera que não iria ao desfile, e ela tinha se encontrado com o outro. Era lógico! Era por isso que ela tinha fugido logo depois, quando ele a encontrou no centro! Porque não queria que ele a visse com o outro! E por isso ela não atendia o celular! Ela provavelmente o havia desligado porque estava com ele.

Quando Mapy chegou, o ciúme de Harry havia ultrapassado o nível da racionalidade. Ele havia tirado a maquiagem, estava sem paletó e tinha desabotoado a camisa.

Mapy olhou para ele e seu coração deu um pulo. Estava irresistível, com aquele jeito um pouco desarrumado. Ela queria se jogar em seus braços e descarregar toda a ansiedade que sentira naquelas horas dramáticas com Megan.

Ao vê-la, Harry foi a seu encontro. Tinha um olhar sombrio e não estava sorrindo como sempre.

— Onde é que você estava? — ele gritou na cara dela.

Mapy ficou chocada. Harry não estava apenas zangado, estava furioso.

— Você estava com aquele cara, não é? Você não esperava que eu chegasse e pensou que podia passar uma noite romântica com ele! Não foi isso?

Ela se sentiu humilhada e não conseguiu pronunciar uma só palavra.

Completamente perdido nas brumas do ciúme, Harry interpretou o silêncio como uma admissão de culpa e perdeu totalmente a razão.

Deu um chute em um latão de lixo, fazendo-o cair ruidosamente no chão.

— Você é uma mentirosa! Não posso mais deixar que me trate assim! Você não tem nem coragem de me dizer as coisas na cara! Fala! Diz que preferiu passar a noite com ele e terminamos por aqui! Para de mentir pra mim e de me enganar! Diz logo a verdade!

Mapy reagiu. Aquela tinha sido uma das piores noites de sua vida, e agora Harry a agredia daquele jeito. Era demais.

— Você está inventando tudo isso! Achou que eu saí com ele, decidiu que eu te enganei e está me condenando antes mesmo de me deixar falar. Nem perguntou como eu estou. Quer saber a verdade? Aqui está a verdade: você não tem um pingo de confiança em mim! Diz que me ama, mas não se preocupa em saber onde eu estive, o que me aconteceu, se por acaso aconteceu alguma coisa grave comigo ou com alguém próximo de mim. Não! Eu sou a bruxa má, e você é o pobre animal ferido.

— Você é boa com as palavras — ele disse, irônico. — Mas não me respondeu, Mapy. Você se encontrou com ele ou não?

Harry era implacável.

— Sim, eu encontrei com ele! — ela explodiu.

Harry deu um grito e chutou mais uma vez o latão de lixo, que voou longe.

— Eu sabia! Eu sabia!

— Você não sabe nada, Harry. Absolutamente nada! — Mapy agora gritava, com os olhos cheios de lágrimas. — Eu não saí com ele! Eu saí com o Hugo e o encontrei na rua. A irmã dele e um amigo estavam junto, e todos nós passeamos um pouco. E se você quer mesmo saber, ele também está me procurando há três horas. Ele mandou dezenas de mensagens perguntando: "Como você está? Tudo bem?" Entende a diferença?

Harry respirava ruidosamente.

— Não! Não entendo! Só entendo que você estava com ele a noite inteira!

— Não é verdade! — gritou Mapy, exasperada pelo ciúme de Harry. — Eu fui no desfile com o Hugo — disse, tentando se acalmar. — Hoje à tarde eu fui à praia com ele — emendou, não querendo esconder absolutamente nada de Harry.

Silêncio.

Harry riu com desdém.

— Você foi à praia? Que ótimo! Então já escolheu? É isso que você está me dizendo? — perguntou, agressivo.

— Não, Harry. Não escolhi, mas não estou brincando com você, como está me acusando. Não estou me divertindo de jeito nenhum. Só o que faço é chorar e ser devorada pelo sentimento de culpa. Mas você, obviamente, nem leva em consideração o que eu estou sentindo. Vocês são tão diferentes, eu diria opostos, mas eu sinto a mesmíssima coisa pelos dois. Só pedi um pouco mais de tempo para pôr a minha vida em ordem, e o que você faz? Uma cena de ciúme, aumentando seus medos e me culpando de coisas que eu não fiz. Você não sabe como está longe da verdade.

Mapy estava arrasada. Esperava poder se refugiar nos braços de Harry e encontrar um pouco de serenidade, mas ele tinha entendido tudo errado.

— Então você está me dizendo que ainda está confusa? Só que isso não te impediu de passar com ele não só a tarde, mas também a noite. E quer que eu acredite que não beijou o cara? Você é muito cínica mesmo.

— Não, eu não beijei ele, mas acredite no que achar melhor. Assim como continua dizendo que eu fui ao desfile com ele, quando na verdade eu saí com o Hugo e nos encontramos lá, com outras pessoas.

— E onde é que você se enfiou durante três horas?

— A Megan, minha amiga, teve um problema e ficou mal.

Harry a olhou com arrogância.

— Sempre essa Megan! Cada vez que não sabe o que inventar, você mete ela na história.

— Isso não é justo, Harry. — Mapy estava desconcertada; ele não acreditava nela.

— Sabe o que não é justo? Não é justo que eu sofra por sua causa enquanto você, obviamente, não sente a mesma coisa por mim. Não é justo que eu dê o meu amor pra alguém que não merece. Cansei. Estou só perdendo tempo. Adeus, Mapy.

Ele se virou e foi embora.

Transtornada, Mapy tentou segurá-lo, mas ele se soltou e entrou no Smart estacionado a alguns metros dali.

Mapy sentiu que as lágrimas começavam a correr em seu rosto, enquanto um abismo se abria dentro dela.

***

Ainda no estacionamento atrás da cozinha, Mapy ligou para Hugo.

— O Harry foi embora. Tenho certeza que não vai voltar... Eu tentei de todas as maneiras não magoá-lo e ser sincera, e ele me condenou sem escutar uma palavra do que eu estava dizendo... — Mapy soluçou.

— Mas você disse que estava com a Megan e comigo?

— Sim, mas ele não acreditou. Estou péssima!

— Mapy, se ponha no lugar dele... E se fosse ele que fizesse isso com você? E se ele dissesse que existe outra e que está indeciso entre vocês duas? Como você reagiria? Você é importante para o Harry, ele só está magoado. Você vai ver... Ele vai pensar bem e vai voltar atrás, mas chegou a hora de escolher...

Mapy parou para pensar, secando as lágrimas com as costas da mão. Hugo tinha razão. Como sempre. Ela precisava examinar a fundo seu coração e decidir entre Harry e Zayn.

***

Harry parou no mirante onde tinha estado com Mapy alguns dias antes. Ele se sentia ferido e amargurado. Estava apaixonado por ela, mas não voltaria mais atrás.

Ele não podia mais suportar aquela situação. Ela continuava dizendo que estava confusa, quando na verdade só estava brincando com ele, contando uma mentira atrás da outra. Com o tempo ele a esqueceria, mas, naquele momento, ainda doía demais.

* * *

Mapy voltou para casa, mas seus pais ainda não haviam chegado. Alguém tocou a campainha.
— Sim?
— É o Zayn.
— Vou descer — ela respondeu.
Vestiu uma malha e saiu de novo. Zayn estava apoiado em um carro estacionado ali na frente. Tinha tirado a máscara e a capa e vestia uma jaqueta preta.
Ele a olhou enquanto ela ia a seu encontro com um olhar indecifrável.
— Você parece cansada — ele observou.
— Foi um dia pesado, Zayn — ela disse tristemente.
— Quer falar sobre isso?
— Não... Agora não...
— E então, o que quer fazer? — ele prosseguiu, manhoso.
Mapy riu.
— Dormir.
— Sozinha? — continuou ele, atrevido.
— Sim.
— Posso te dar um beijo de boa-noite?
Ela olhou longamente para ele.
— Você acha que eu estou brincando com você, Zayn? — perguntou, séria.
Ele intuiu que por trás daquela pergunta devia estar o outro, que talvez tivesse lhe jogado alguma coisa na cara.
Ele se aproximou dela e tocou seu rosto.

— Não. Acho que você só está um pouco confusa, mas vou esperar que você escolha... a mim — acrescentou com um sorriso.

— E o que te faz acreditar que eu vou te escolher?

— O fato de eu ser bonito, irresistível, simpático e loucamente apaixonado por você.

Ela sorriu novamente.

— E aí, o beijo de boa-noite? — ele disse.

— Eu posso te dar um abraço... se você quiser.

Mapy mal acabou de falar e Zayn já a estreitava nos braços, embalando-a ternamente.

Seria dureza decidir, dureza mesmo. Aquela era a escolha mais difícil de sua vida.

* * *

Sun Place News online

NIALL HORAN

O superstar internacional de quem falamos nos posts anteriores é Niall Horan. Visto diversas vezes na cidade, ontem, durante o histórico desfile do Festival de Verão, Horan foi flagrado em companhia de uma garota enquanto saboreava uma granita de morango. O diretor do nosso jornal, sr. Bredford, o encontrou e o entrevistou enquanto toda a cena era gravada e transmitida para as redes internacionais. As perguntas são muitas, e começamos pela primeira: O que um cantor famoso está fazendo em Sun Place? Todas as respostas e fotos exclusivas hoje nas bancas, na edição extraordinária do nosso jornal! Não percam!

The Guardian, 16 de agosto

O ONE DIRECTION ESTÁ VOLTANDO

Londres. — A banda mais famosa do mundo está voltando com um novo disco, que certamente chegará ao primeiro lugar das paradas. A data prevista para o lançamento do CD, composto de catorze músicas, é 30 de setembro. Esta tarde, em lugar mantido sob absoluto sigilo, acontecerá uma festa exclusiva da qual participarão jornalistas credenciados dos melhores jornais e revistas.

Paul Higgins, o guarda-costas da banda, anunciou que durante a festa ocorrerá a pré-estreia mundial do novo single, que será lançado na segunda-feira, e a exibição do videoclipe. O evento será transmitido diretamente pela MTV, às 17 horas, com conexão do famoso RTL Special Guest. Esta manhã, contatamos por telefone o guarda-costas do One Direction e lhe perguntamos se tem fundamento o furo de um jornal local de Sun Place, a cidadezinha do sul, segundo o qual um componente da banda, Niall Horan, teria se casado secretamente com uma garota local, com quem estaria esperando um filho. O diretor do jornal, sr. David Bredford, confirmou toda a história, enquanto Paul Higgins negou categoricamente os boatos, dizendo que são as habituais fofocas sórdidas de uma categoria da imprensa inglesa.

O que é verdade é que há fotos mostrando Niall Horan e uma bela garota em comportamento bastante afetuoso, e que, desde ontem à noite, a casa da sortuda e invejadíssima jovem está cercada de curiosos, fãs e jornalistas. Parece que a banda inteira está hospedada em uma mansão fabulosa nos arredores de Sun Place e que batalhões de fãs, vindos de toda a Inglaterra, fazem ronda à procura de seus ídolos.

* * *

— O celular dele está desligado?
— Desde ontem à noite. Já mandei dezenas de mensagens no WhatsApp, mas ele não responde. Estou desesperada, Mapy! Não sei o que fazer!

Megan recomeçou a chorar. Ela se sentia impotente e não conseguia se comunicar com Niall, que tinha sumido. Hugo havia ligado para Mapy bem cedo, dizendo-lhe que os mais importantes sites da internet e todos os jornais nacionais mencionavam os acontecimentos da noite anterior, com dezenas de fotos de Megan e Niall juntos, e não só no desfile. Alana deve tê-los seguido durante vários dias. Os jornalistas se esbaldaram e escreveram coisas absurdas, fazendo-as passar por verdadeiras: que Megan estava grávida, que os dois tinham se casado e já estavam se separando, que ela havia traído Niall com Louis e que testemunhas tinham visto o casal traidor se beijando pelas ruas do centro. Um jornalista escreveu até que Megan desmaiou por causa de uma overdose de remédios, numa tentativa de suicídio! Lixo. Puro lixo

Era tudo obra de Alana, mas, como eles não tinham uma mísera prova, não podiam apontá-la como autora daquela confusão. Era profundamente injusto, porém eles estavam de mãos atadas. Mapy tinha pensado em ir falar com Niall, mas não fazia ideia de onde ele morava nem como procurá-lo, caso contrário já teria feito isso.

Megan não conseguia se conformar com a ideia de perder Niall daquele jeito. Ela o amava de verdade e renunciaria à própria vida por ele, mas ele acreditava que ela era mesquinha e sem escrúpulos, que tinha fingido durante todo aquele tempo com o único objetivo de vender o furo de reportagem. Mesmo que ela conseguisse falar com ele, Niall nunca acreditaria nela.

Mapy não sabia o que mais dizer a Megan, só que a verdade viria à tona de um jeito ou de outro e que Niall se daria conta de que ela tinha sido absolutamente sincera. Mapy ansiava por isso mais que tudo.

* * *

Paul tinha acabado de chegar de Londres. Estavam todos na sala de reuniões — Kate e Luke, da assessoria de imprensa, o consultor legal Edward Scott e o coordenador Simon Stand, Mike Owen, da segurança, e todos os garotos da banda. Paul jogou na mesa uma dezena de jornais. Todos traziam Niall e Megan na primeira página, e Paul se dirigiu diretamente a ele:

Agora me conta tudo, porque nessa merda está escrito um monte de absurdos, e eu quero saber de toda a verdade para tentar minimizar os prejuízos. Vamos começar pela garota: quem é e de onde saiu?

Eles passaram uma hora inteira escutando Niall e sua versão dos fatos. Paul e o consultor legal o encheram de perguntas para entender de onde poderiam surgir mais ataques midiáticos.

— Então, basicamente, essa Megan te usou para ganhar dinheiro e vender a história para os jornais?

Niall ainda custava a admitir, mas tinha sido exatamente assim.

— E como você pode ter certeza de que foi ela e não alguém que te reconheceu e te seguiu?

— Só ela sabia... E o cameraman foi bem claro. Foi ela.

A equipe examinou a situação de todas as perspectivas possíveis, organizando a estratégia certa a seguir: não falar absolutamente nada.

— Hoje é a apresentação do novo single, e amanhã vocês vão deixar a mansão. De qualquer modo, ela já está queimada. A transmissão direta da MTV vai ser às cinco, com duração de exatos vinte e cinco minutos, dos quais treze de transmissão mesmo e doze de um vídeo, uma reportagem rápida e dois intervalos de publicidade. Durante a transmissão direta da mansão vai ter a entrevista. A Kate e o Luke estão encarregados do roteiro e das perguntas, e vocês vão ter todo o tempo para estudá-los. Precisa estar tudo bem azeitado!

Depois Paul se dirigiu a Mike Owen para saber se estava tudo sob controle.

— Reforcei a segurança na área externa e a lista de entrada já está pronta.

Ele lhe estendeu uma folha na qual estavam assinalados os nomes de todos que poderiam entrar e sair da mansão pelos motivos mais diversos, com os horários de chegada e os períodos de permanência. Estavam todos lá: desde os empregados da residência até a equipe técnica, o pessoal do catering, os figurantes para a transmissão direta, os jornalistas credenciados e os convidados. Cada nome trazia ao lado a identificação e o número do documento que deveria ser apresentado. Se alguém não estivesse na lista, não poderia entrar.

Mapy Marple e Hugo Martin estavam.

* * *

Paul Higgins e Edward Scott falavam com Niall, enquanto Harry escutava, folheando distraidamente os jornais sensacionalistas. Os dois estavam perguntando quem era a garota, e Niall disse o nome dela: Megan Frost. Harry levantou a cabeça abruptamente. A amiga de Mapy se chamava exatamente assim, como ele ouvira o tio dela dizer alguns dias antes, na cozinha da confeitaria. Ele escutou a conversa e depois mandou uma mensagem para Mapy.

> sua amiga Megan Frost é a mesma que está em todos os jornais hoje? 10:00

> sim, é ela... 10:04

> então vc estava com ela ontem? 10:05

> eu te disse, mas vc não acreditou em mim 10:06

> mas não era ela que tinha dois namorados ao mesmo tempo? 10:07

> foi a única mentira que eu te contei... eu não podia revelar que ela estava namorando um cara famoso... e aquela frase que vc entendeu mal era sobre ela! foi ela que beijou o cara na frente de casa... mas eu não podia te contar! 10:09

Harry se deu conta de que fora um imbecil. O ciúme o havia impedido de raciocinar com lucidez. Mapy não havia mentido. Estivera mesmo com sua amiga Megan, que, pelo que os jornais diziam, havia desmaiado e depois sido levada para casa por um casal de amigos, dos quais encontrou fotos, com o rosto deles escurecido, folheando os jornais. Era Mapy, não havia dúvida; mesmo não dando para ver bem, ele reconheceu as asas e o cabelo. E ele a atacara daquele jeito...

Precisava pedir desculpas a Mapy, mas não por telefone.

A reunião estava quase terminada, e ele se aproximou de Mike Owen.

— Eu preciso sair — disse no ouvido dele.

— Impossível, Harry! Nem pensar!

— Ou você me dá uma mão ou vai ter que me amarrar numa cadeira pra me segurar aqui dentro! Eu vou com ou sem a sua ajuda! Só preciso de uma hora, então não vamos perder tempo.

* * *

A atividade na cozinha era frenética. Estavam lá tio John e a mãe de Mapy, Mark e dois cozinheiros amigos chamados para ajudar. Por causa da urgência, até o pai de Mapy tinha descido e também estava ocupado. As pessoas que haviam encomendado a festa daquela tarde tinham pedido, de última hora, não apenas o bufê de doces, mas o coquetel completo. Todos trabalhavam arduamente para terminar o trabalho em tempo hábil. Só faltava Harry, que já tinha avisado que não poderia ir naquele sábado. Ele não havia mais entrado em contato, e Mapy não sabia o que pensar.

Lá pelo meio-dia, chegou uma mensagem:

> estou no pátio aqui atrás

Era ele...

Mapy deixou a cozinha com o coração na boca e o viu saindo de um furgãozinho branco. Estava com um homem, que ficou no carro.

Ele se aproximou, tenso.

— Me explica — disse a ela.

— Eu vi alguns jornalistas seguindo a Megan e o namorado e queria avisar minha amiga. Quando te encontrei, eu estava seguindo os dois.

— Mas o que você tem a ver com essa história?

Harry queria saber se Mapy estava envolvida na venda da história aos jornais.

— Nada... Só vi os jornalistas e fiquei preocupada...

Porque você não sabia que a sua amiga tinha vendido a matéria exclusiva!

Mas isso não estava escrito em nenhum jornal, e ele não podia dizer a ela que Niall tinha lhe contado tudo pessoalmente. Era melhor ficar fora disso por enquanto, depois ele lhe explicaria tudo.

— Então, depois que a gente se encontrou, você foi até a Quenn e...

— ... ela me viu e desmaiou nos meus braços. Depois o Hugo chegou, e a gente levou a Megan pra casa dela.

— Estou mal... Não consigo mais continuar desse jeito. Você precisa escolher, Mapy — ele disse.

— Eu nunca menti pra você e não estou brincando com seus sentimentos... Só preciso de um pouco mais de tempo, mas não quero te influenciar nem te prender. Se você não quiser mais me ver...

Mapy se interrompeu, incapaz de continuar. Virou de costas porque não queria que ele visse as lágrimas.

— Preciso voltar pro trabalho — ela disse.

— Eu também... Tenho que voltar para a mansão...

Ele estava atrás dela e não conseguiu ultrapassar a pequena distância que os separava.

— Eu preciso falar com você, contar algumas coisas sobre mim que você não sabe...

Ela assentiu sem se virar.

— Vou trabalhar até tarde... Vou ser garçonete na festa de aniversário que estamos preparando.

— Eu também vou trabalhar até tarde, mas te ligo assim que terminar, aí a gente se encontra.

— Tudo bem, Harry, você é quem sabe — ela respondeu e voltou à cozinha.

Harry a observou enquanto ela se afastava. No dia seguinte ele voltaria para Londres, mas antes precisava vê-la novamente de qualquer jeito. Ele também não sabia o que fazer: se por um lado queria que aquela tortura acabasse, por outro não queria abrir mão de Mapy.

Ele só tinha certeza de uma coisa: estava cada vez mais apaixonado por aquela garota.

* * *

À uma hora da tarde, o telefone tocou.

Era Zayn.

— Oi, princesa!

— Oi, Zayn...

— O que você vai fazer hoje à noite?

A pergunta lhe arrancou um sorriso.

— Hoje à noite? Espero poder dormir... — ela respondeu.

— De jeito nenhum! Não antes de eu te encher de beijos.

Mapy continuava sorrindo.

— E que programação você sugere?

— Da meia-noite à uma, mordidinhas na orelha e no pescoço; da uma às duas, uma porção de beijos à francesa; e, das duas às três, contos da madrugada e carinhos variados. Gostou?

— Excelente! Não vejo a hora — ela disse, rindo.

Zayn ficou sério.

— Mapy, estou cheio de trabalho e acho que só vou ficar livre bem tarde. Assim que puder te mando uma mensagem.

— Zayn, no que você trabalha? — ela perguntou, curiosa.

— Eu já te disse, não lembra? Sou um cantor famoso!

— Claro, eu tinha esquecido!

— Agora preciso ir. Até mais tarde, princesa.

Zayn desligou o telefone e fechou os olhos. No dia seguinte iria embora com os outros para Londres. Depois gravariam algumas entrevistas e participariam de programas de televisão e de rádio para promover o novo single. Se tudo desse certo, não terminariam antes de uma ou duas semanas, e depois, talvez, conseguissem tirar alguns dias de férias. O que faria durante todo aquele tempo sem Mapy? Não tinha ideia, e ficava sem ar só de pensar.

* * *

— Mapy! Mapy! Vem cá!

Hugo estava esbaforido e emocionado. Entrou correndo na cozinha e começou a arrastar a amiga para fora. Eles precisavam ir à mansão, mas ele tinha chegado com pelo menos meia hora de antecedência.

— Que foi? — ela perguntou, admirada com tanta pressa.

— Vem aqui fora! Rápido! Você precisa ver.

Eles saíram, e Hugo mostrou um ponto no céu. Justamente naquele instante, um avião daqueles pequenos, de dois lugares, passava sobre eles.

Mapy ficou boquiaberta, imobilizada pela emoção.

Presa no avião, havia uma enorme faixa com dizeres em letras garrafais.

MAPY, ME LEVA COM VOCÊ. TE AMO. H.

Era uma mensagem de Harry! Pedindo que ela o levasse consigo... em seu coração. Então não estava tudo terminado. Mapy sorriu enquanto abraçava Hugo, com o coração repleto de felicidade.

* * *

Zayn estava no terraço do quarto. Tinha acabado de tomar banho e precisava se vestir para a transmissão ao vivo e, antes, para uma pequena sessão de fotos no jardim. Um avião passou sobre a mansão justamente naquele instante. Ele leu as palavras no enorme tecido branco que esvoaçava no céu e ficou atônito.

Era para Mapy.

E era do outro, ele tinha certeza.

* * *

A locação era uma fabulosa mansão na costa.

Mapy e Hugo ficaram boquiabertos. Ambos entraram pelo portão de serviço, após rigorosa identificação. Havia câmeras e seguranças por toda parte. Devia ser a casa de alguma pessoa importante ou de algum político. Tio John não havia comentado nada com ninguém, pois lhe pediram a maior discrição. Eles entraram em uma espécie de área de serviço, onde muita gente passava apressada, inclusive uma equipe de televisão. Uma mulher com fones de ouvido os reuniu e conduziu para o lugar da festa. Era um jardim imenso com três áreas distintas: a da piscina, onde tinha sido preparado um set de filmagem, com sofás e câmeras; a do gazebo, a uns vinte metros dali, sob o qual seria servido o bufê; e toda a área restante do jardim, com sofás e mesinhas espalhados para os convidados conversarem. Tudo era muito bonito e sofisticado. Certamente era a mansão de alguma celebridade.

Sob o gazebo, a mãe de Mapy já havia preparado as mesas do bufê. Naquele instante, a equipe estava organizando os últimos detalhes. No fundo havia uma parede falsa, atrás da qual foi instalada uma cozinha móvel, para onde foram levados os doces e alguns pratos salgados.

Lisa Marple reuniu os garçons e os orientou a respeito dos procedimentos. Eram todos profissionais, incluindo Mapy e Hugo, que já haviam feito aquele tipo de trabalho dezenas de vezes.

Como programado, às quatro e meia estava tudo pronto, e eles só precisavam se trocar. A equipe foi conduzida para algumas salas da mansão, adjacentes ao jardim, onde havia um cabide com o uniforme que cada um deveria vestir. Para os homens, calça preta e jaqueta branca e, para as mulheres, saia preta de cintura alta e uma linda blusa de organza preta, de corte ajustado e mangas bufantes. O uniforme feminino era muito bonito e elegante e, no corpo de Mapy, parecia uma peça de alta-costura. Ela prendeu os cabelos em um gracioso rabo de cavalo e fez uma maquiagem leve. Estava pronta.

Faltavam vinte minutos para as cinco, e Mapy foi até o jardim, atenta a tudo à sua volta. Muitas pessoas já haviam chegado, entre elas diversos jornalistas e operadores de tevê. Era evidente que não se tratava de um aniversário, mas de algum evento midiático. Para o pessoal do bufê, a área da piscina era inacessível, ao contrário das outras duas. Mapy procurou Hugo, mas não o encontrou em lugar nenhum. Ela o perdeu de vista logo após sua mãe dar as últimas instruções. Os demais garçons já estavam a postos, e Mapy decidiu vasculhar a área ao redor para ver se encontrava o amigo.

* * *

Liam e Louis estavam prontos. Já tinham passado pela maquiagem e pelo cabeleireiro. Perto de uma porta-balcão que dava para o jardim, brincavam um com o outro para relaxar da crescente tensão.

— E aí, Liam, você lembra de tudo? — perguntou Louis.

— Na verdade não lembro bulhufas! Mas não vai ter ponto eletrônico?

— Acho que não...

— Bom, se eu esquecer alguma coisa, você sopra, por favor!

Louis não o escutava mais. Olhava para fora da porta-balcão, na direção de um ponto específico no jardim.

Uma garota de rabo de cavalo andava entre os sofás e as mesas, como se estivesse procurando alguém.

— Aquela não é a namorada do Zayn? Eu não sabia que ela vinha — disse Liam, também notando Mapy.

— Do Harry, você quer dizer — respondeu Louis, olhando-a melhor para verificar se era ela mesma.

— Não, não. Do Zayn. É a Mapy, a garota da confeitaria — acrescentou Liam, mas Louis não estava mais lá.

* * *

Alana estava maravilhosa em seu vestido de seda turquesa, que escorregava por seu corpo e chegava até os joelhos, evidenciando suas formas harmoniosas. Ela havia chegado às quatro e meia. O local já estava bem movimentado, mas não havia nem sinal de Niall. Tudo bem. No One Direction havia cinco garotos, todos eles bonitos, famosos e podres de ricos. Certamente um deles ficaria impressionado com sua beleza. Bastaria jogar o anzol e um deles morderia a isca.

* * *

Hugo estava em um ponto um pouco afastado do jardim, apoiado em uma mureta, conversando relaxadamente com um rapaz alto e loiro, enquanto passavam entre si um cigarro enrolado à mão. O fato de ele nunca ter fumado na vida não o deixou embaraçado, e o outro, que tinha acabado de conhecê-lo, não percebeu nada.

* * *

Com o barulho incessante que fazia dentro da mansão, Harry foi até o jardim para ligar para sua mãe. Ele lhe informou que voltaria a Londres no dia seguinte. Aproveitou a oportunidade e decidiu enviar uma mensagem para Mapy.

> são 16:45 e estou pensando em vc... acho que também vou pensar em vc às 16:46, 16:47, 16:48, 16:49 e 16:50. aí vou ter que parar porque preciso trabalhar... mas depois começo tudo de novo... te amo

Ouviu chamarem seu nome.

— Harry? Harry? O que você está fazendo aqui?

Era Mapy. Ela o olhava admirada, a poucos metros dele. Harry entrou em pânico. O que ela estava fazendo ali?

* * *

Zayn não via a hora de tudo terminar para finalmente poder se encontrar com Mapy. Ele havia tentado ligar para ela, mas o celular dela estava desligado. Então lhe enviou algumas mensagens.

> acho que nunca te disse que toda vez que te vejo fico sem ar   16:55

> acho que nunca te disse que toda vez que olho dentro dos seus olhos me perco em vc   16:56

> acho que já te disse, pelo menos uma vez, que EU TE AMO, mas vc não imagina quanto: loucamente   16:57

Ele desligou o celular e o enfiou no bolso, dirigindo-se rapidamente para a piscina. A transmissão ao vivo já ia começar, e o pessoal da tevê ainda precisava colocar o microfone nele.

* * *

No set, o caos era total. Faltavam pouquíssimos minutos para a transmissão, e nem Harry nem Zayn haviam aparecido. Louis tinha acabado de chegar e falava ansiosamente com Liam, enquanto colocavam o microfone nele.

— Tem certeza, Louis? — Liam perguntou, preocupado.

— Tenho!

— Caramba, que confusão! E agora?

— Não tenho ideia, não tenho a menor ideia — respondeu Louis. — Só sei que os dois perderam completamente a cabeça... Que catástrofe! — acrescentou, apreensivo.

* * *

Lisa Marple verificava tudo novamente. As instruções dos clientes eram de que, durante a transmissão, ninguém do bufê saísse do gazebo e fizesse barulho. Estavam todos bem distantes da piscina e algumas palmeiras impediam de ver nitidamente, mas de qualquer forma ela havia sido taxativa: eles deveriam manter silêncio absoluto. Mapy e Hugo ainda não estavam ali, mas ela confiava neles e sabia que não aprontariam nenhuma confusão.

* * *

— Falou, amigo, a gente se vê.

— Tchau, cara! — respondeu o garoto alto, afastando-se depressa.

Dentro de poucos minutos começaria a transmissão ao vivo. Hugo esperou que Nick se afastasse, depois pegou o celular da mureta. A ansiedade o estava consumindo, e ele rezava desesperadamente para que o vídeo pudesse ser utilizado. Apreensivo, assistiu à gravação, enquanto um largo sorriso de felicidade iluminava seu rosto.

* * *

Mapy estava procurando Hugo, mas acabou encontrando Harry.

Ela o viu rapidamente em um canto do jardim, do outro lado da mansão. Ele estava com o celular na mão e parecia escrever alguma coisa. Vestia uma jaqueta e calça brancas de um tecido acetinado levemente brilhante. Estava extraordinariamente bonito. Ela se aproximou com o coração na boca. Então o chamou, admirada, enquanto ele se virava e empalidecia. Ela ficou surpresa com aquela reação. Não esperava por aquilo.

Ela lhe perguntou o que ele estava fazendo ali, mas entendeu logo.

— Ah, então essa é a famosa mansão onde você trabalha? É linda — ela disse sorrindo. Estava muito feliz. Provavelmente trabalhariam juntos e teriam alguns minutos para ficar a sós e conversar.

— O que você está fazendo aqui, Mapy? — ele perguntou, apreensivo.

— O aniversário, Harry! Eu te disse... Estou trabalhando no bufê. Mas acho que não é um aniversário...

Harry a olhava com ansiedade crescente nos olhos.

Ela se aproximou.

— Harry... obrigada... Era linda.

Ele olhava em volta, irrequieto.

— O quê? — perguntou, transtornado.

Mapy o olhou admirada.

— A faixa! Era linda.

— Ah! Sim, claro! Mapy, escuta com atenção... — ele disse, preocupado, enquanto ela tocava o rosto dele com um ar interrogativo.

— Isso é base? — ela perguntou, cada vez mais surpresa, tocando a pele dele mais uma vez.

— Mapy, eu... A gente precisa conversar... mas agora não posso.

Eles foram interrompidos por alguém que o chamava bem alto, um homem com uma pasta na mão e fones de ouvido.

— Harry! Harry! Depressa! Já vai começar!

Ele olhou para Mapy e a abraçou forte, dando-lhe um beijo nos lábios.

— Mapy... Depois eu te explico tudo... — disse enquanto se afastava.

Mapy estava desconcertada, sem saber o que pensar. A reação de Harry tinha sido muito estranha: ele estava assustado. Aliás, a palavra certa era aterrorizado. Mas com o quê? Ela olhou para o relógio.

Faltavam dois minutos para as cinco, e ela precisava voltar imediatamente para o gazebo.

* * *

Assim que Hugo a viu chegando, foi a seu encontro. Ele também estava alterado, e a tensão era evidente em seus olhos.
— Mapy, eu preciso falar com você! — disse baixinho, pegando-a pelo cotovelo e arrastando-a para o fundo do gazebo.
Mas o que estava acontecendo com todo mundo?
— O Harry está aqui — ela disse. — É essa a famosa mansão onde ele trabalha.
— É? Bom...
Hugo não a estava escutando. Estava teclando no celular.
— Hugo? Você me ouviu? O Harry está aqui.
— Ouvi! O confeiteiro. Mas agora temos coisas mais importantes a fazer. Precisamos ajudar a Megan.
A Megan? Mas o que a Megan tinha a ver com tudo aquilo? Mapy estava cada vez mais desconcertada.

* * *

Harry chegou ao set faltando um minuto para a transmissão. Os técnicos colocaram o microfone nele em tempo recorde, e ele se sentou no sofá com os outros garotos. Estava entre Liam e Niall, depois vinha Louis; Zayn fechava a fila. Alan Stars, vj da mtv, apresentava a transmissão na piscina e começou a falar assim que a luzinha vermelha da câmera se acendeu. O público de figurantes começou a aplaudir e a soltar gritinhos. Alan falava com os apresentadores no estúdio, enquanto os garotos piscavam sorridentes para a câmera, que os enquadrava um a um.

* * *

Mapy e Hugo estavam no fundo do gazebo e nem perceberam que o programa havia começado. Hugo estava agitado.

— Isso aqui não é uma festa de aniversário.

— Isso eu já tinha entendido, mas o que muda pra gente?

— O Niall está aqui!

Mapy levantou a cabeça abruptamente.

— O Niall? Aqui? Mas por quê?

— Ele está com a banda! Estão todos do One Direction! É a apresentação do novo single. Neste exato minuto!

Mapy raciocinava rapidamente. Era uma oportunidade de ouro para ajudar Megan, mas uma dúvida atravessou sua mente.

— Tem certeza? Quem te disse?

— O Nick, meu novo amigo.

— Hugo, não estou entendendo nada!

* * *

Hugo tinha esbarrado por acaso com o rapaz alto e loiro e o havia reconhecido imediatamente. Era o cameraman que filmara Niall e Megan na noite anterior. Hugo se aproximou dele e perguntou se tinha um cigarro.

Ele olhou para Hugo com uma luz de esperança nos olhos.

— Você acha que pode fumar aqui? Estou morrendo de vontade, mas achei que...

— Vem comigo, vou te levar num lugar onde ninguém vai ver a gente — Hugo falou com cumplicidade.

Eles foram até os fundos da mansão e ficaram atrás do muro de um pequeno depósito de equipamentos.

— Meu nome é Hugo, sou garçom. E você, o que está fazendo aqui? — ele perguntou, enquanto o outro acendia o cigarro.

— Eu me chamo Nick, sou operador de vídeo da BBC.

— Uau! — Hugo exclamou. — E qual é a transmissão?

— Música, daqueles garotos do One Direction... Vão apresentar um disco ou algo assim.

— Ah... Eu achei que fosse alguma gostosa, tipo a Perrie Edwards ou aquela modelo, a Cara Delevingne. Isso sim seria um show e tanto! — ele disse, bancando o simpático.

Nick riu, apreciando o comentário.

Hugo verificou a hora no celular e o apoiou na mureta.

— Mas ontem não flagraram um desses cantores com uma fulana em Sun Place? — perguntou com indiferença, enquanto o outro lhe passava o cigarro.

— Sim, o loirinho de olhos azuis.

— Todos são loirinhos de olhos azuis!

Nick riu de novo.

Hugo continuou:

— Hoje de manhã estava em todos os jornais. Caramba, que furo!

— Eu que fiz a gravação — disse Nick, cheio de orgulho.

Hugo fingiu que estava admirado.

— Você deve ter ganhado um bom dinheiro, cara. Que sorte, hein?

— Bom, na verdade... Vou te contar uma coisa... Foi tudo arranjado — ele se inclinou na direção de Hugo, baixando a voz.

— Como todos os furos — Hugo o pressionou. — Eles fazem de propósito pra conseguir publicidade — acrescentou.

— Não, ele não sabia de nada, nem ele nem a garota que estava com ele... Foi aquele Bredford que planejou tudo... um jornalistazinho de cidade pequena, mas que desembolsou uma grana violenta!

Aquilo não era suficiente, pensou Hugo, ele precisava falar mais.

— Me disseram que tinha muita gente e que a polícia entrou no meio.

— É, cara... Foram eles que chamaram.

— Eles quem?

— O Bredford e aquela boazuda da sobrinha dele... Como é que ela chama? Alana! Ela estava com uma roupa de Mulher-Gato de fazer os olhos pularem das órbitas. Deviam proibir essas gostosas de vestir roupas tão provocantes assim. É um crime.

Hugo riu ruidosamente.

— E por que você não chamou a Alana pra sair? Você é um cara bonito, quem sabe ela não aceitava?

— Quem, aquela lá? Cara, se você não tiver a carteira cheia de dinheiro, ela nem te olha. Ela só me deu dois minutos de atenção pra me falar o que eu tinha que dizer e... uma grana extra... — E sorriu gananciosamente.

— E o que você tinha que dizer? Uma poesia?

Nick riu e deu um tapa nas costas dele.

— Você é legal, cara. A gente precisa sair pra tomar uma cerveja uma noite dessas.

— Vamos sim. Mas e aí, qual era a poesia?

— Eu tinha que dizer: "Parabéns, Megan! Caramba, que furo! Você foi ótima! Vai nos render muito dinheiro! Amanhã chega o seu cheque! Estamos ricos, Megan!!!" A gostosa me fez repetir um monte de vezes e exigiu que eu falasse na frente do loirinho, senão nada de dinheiro!

Hugo queria abraçá-lo e pular de alegria, mas não mexeu um músculo.

— E você fez isso?

— Claro, cara! Por trezentas pratas, eu diria até que sou gay!

* * *

Mapy olhou o vídeo com espanto nos olhos.

Abraçou Hugo e começou a dar pulinhos de felicidade.

— O Niall precisa ver isso. De qualquer jeito!

— Já dei uma volta, mas não dá nem pra pensar em ir até a piscina. Tem um cordão de isolamento enorme, e duvido que depois deixem a gente chegar perto dele.

— E aí, como vamos fazer? Hugo, o Niall precisa ver isso.

Hugo olhou para ela, apreensivo.

— Eu até tenho uma ideia, mas é arriscada, Mapy... muito arriscada.

***

Harry estava impaciente. Assim que a câmera parava de enquadrá-lo, ele aproveitava e olhava na direção do gazebo para ver se Mapy estava lá. No primeiro intervalo de publicidade, os rapazes se levantaram do sofá e foram imediatamente abordados por profissionais que retocaram a maquiagem deles. Fazia muito calor. Louis se aproximou de Harry para falar com ele, mas Paul o interceptou antes.

A assistente de estúdio começou a marcar o tempo. Eles se sentaram novamente, enquanto Louis se inclinava por trás de Niall, atraindo a atenção de Harry. Ele cochichou muito rápido:

— Harry, eu preciso te contar uma coisa muito importante.

— A Mapy está aqui, eu sei! Meu Deus, que confusão.

A transmissão recomeçou, enquanto o público aplaudia entusiasmado.

***

Mapy e Hugo decidiram rapidamente o que fazer. O plano deles era audacioso, talvez fossem até cometer algum delito, mas estavam dispostos a correr o risco. Sem contar que seria difícil chegar até o grupo. Uma ansiedade terrível os consumia, enquanto Hugo se preparava para entrar em ação.

Mapy olhou para o vídeo que eles tinham editado às pressas com as partes mais importantes, e que não durava mais que um minuto.

Eles se entreolharam.

Agora estava tudo nas mãos de Hugo, que colocou uma garrafa de água e alguns copos numa bandeja e se dirigiu para a área de filmagem, atrás da piscina. Ele passou pelos seguranças, que o deixaram seguir sem perguntar nada. Trinta por cento do plano já tinha dado certo. Agora era a parte mais difícil.

***

Megan acompanhava a transmissão pela MTV. Tinha pedido aos pais para ficar sozinha, e eles respeitaram a vontade da filha, recolhendo-se na cozinha. Sentada na cama, abraçada a um travesseiro, ela olhava as imagens que passavam na tela, enquanto as lágrimas desciam copiosamente por seu rosto. Do lado de fora, dezenas de jornalistas e curiosos cercavam a casa. Alguém tinha até instalado um telão para que os repórteres assistissem à transmissão ao vivo, enquanto se lia uma faixa com os dizeres: "Megan, a namoradinha da Inglaterra! Você representa todas nós! Você representa o nosso sonho".

Se as pessoas soubessem...

* * *

Faltava muito pouco para a segunda pausa publicitária, e depois entraria no ar o videoclipe que eles tinham acabado de gravar na semana anterior. No total, eram talvez sete ou oito minutos.

Liam e Louis decidiram contar a Harry e Zayn que a garota por quem eles estavam apaixonados era a mesma, antes que os dois descobrissem sozinhos... E fosse o que Deus quisesse!

Do estúdio, os apresentadores perguntaram a Niall:

— Então, Niall, você quer nos contar o que tem de verdade nas notícias que saíram nas últimas horas, tendo você como protagonista?

Ele sorriu mecanicamente, sabendo de antemão o que responder.

— É tudo mentira... Foi uma história inventada desde o começo pra vender mais jornal.

— Mas a garota das fotos é real, e os beijos também parecem reais.

— Foi só uma paquera... nada sério... é passado... já estou em outra... Como todo mundo sabe, certos jornais ou inventam ou estão sempre alguns passos atrás.

Os apresentadores riram da piadinha, enquanto mudavam de assunto e apresentavam o videoclipe que em breve seria transmitido em pré-estreia mundial.

No mesmo instante, Megan afundava a cara no travesseiro, chorando desesperada. Alana, ao contrário, sorria satisfeita na primeira fila da plateia, lançando olhares eloquentes a Niall.

— ... e agora uma pequena pausa para os comerciais, e depois o momento que milhares de fãs no mundo inteiro esperam: o novo clipe do One Direction!

* * *

A câmera se apagou e todos se levantaram do sofá. Harry queria ir até a área do bufê para falar com Mapy, mas Louis o segurou pelo braço.

— Harry, eu preciso falar com você! É importante.

— Acho que não mais do que a Mapy — ele disse, fazendo menção de ir embora.

— É dela que eu preciso falar!

Harry parou, olhando o amigo nos olhos. Ele o conhecia bem, e Louis estava nervoso, muito nervoso. Harry viu quando Louis lançou um olhar de cumplicidade a Liam. Em seguida, Louis o arrastou para longe de todos.

— Desliga o microfone — Louis pediu.

Harry desligou, enquanto uma ansiedade crescente o dominava.

* * *

No mesmo momento, Liam se aproximou de Zayn.

— Eu preciso falar com você sobre a Mapy — ele sussurrou no ouvido do amigo, chamando imediatamente sua atenção.

— A Mapy? O que você tem pra me dizer?

Liam fez com que ele se afastasse um pouco e lhe pediu para desligar o microfone, como ele próprio já havia feito.

Zayn o desligou, enquanto Liam, muito agitado, não tirava os olhos dele.

— O que você tem pra me dizer sobre a Mapy?

— Ela está aqui. — Ele estava claramente preocupado.

— Aqui? Tem certeza? E onde ela está?

— Acho que com o pessoal do bufê.

Zayn já ia em direção ao gazebo, mas Liam o segurou pela jaqueta.

— Espera, Zayn! Eu ainda não terminei!

— Fala, Liam! O que é que você tem pra me dizer?

* * *

Louis o encarava, apreensivo.

— Harry... eu sei quem é o outro — ele disse por fim.

Harry entendeu imediatamente de quem ele estava falando e esperou ansioso que Louis terminasse.

— ... e ele está aqui — acrescentou.

Harry arregalou os olhos, enquanto uma pontada aguda de ciúme o fazia tremer.

— E quem é? Fala logo, Louis!

Louis fez uma longa pausa.

— É o Zayn.

* * *

— A namorada do Harry está aqui. Ele já te falou dela?

— Liam, o que o Harry tem a ver com isso? Cadê a Mapy?

— O Harry nunca te falou sobre essa garota por quem ele está apaixonado? Responde, Zayn!

Liam foi agressivo, e aquela atitude não era típica dele.

— Uma vez ele meio que me falou que tinha conhecido uma garota e que estava a fim dela, mas faz vários dias... Depois a gente não conversou mais sobre isso, até porque eu vi o Harry muito pouco. Agora faz o favor de me dizer onde está a Mapy?

— Calma! E você nunca falou dela pra ele?

— Liam, para com isso! Diz logo onde a Mapy está!

— Me escuta, cara. A Mapy não vai a lugar nenhum, e eu estou falando muito sério — ele disse. — E então, você nunca falou com o Harry sobre a Mapy?

Zayn estava surpreso com o comportamento do amigo.

— Não... acho que não... parece que não... não sei...

Liam olhou para ele.

— É a Mapy — ele disse.

Zayn não estava entendendo.

— O quê?

— A garota por quem o Harry está apaixonado é a Mapy. A sua Mapy. Zayn, você e o Harry se apaixonaram pela mesma garota.

* * *

O programa havia recomeçado, colocando no ar o novo clipe do One Direction. No jardim a música se espalhou, enquanto as imagens gravadas em uma praia deserta passavam em algumas telas no set. Os garotos vestiam o mesmo conjunto branco da transmissão ao vivo, e a capa do novo single era uma foto na praia durante as filmagens.

Só Niall tinha ficado no sofá. Seu olhar estava perdido, longe. Ele pensava em Megan e em como ela tinha conseguido enganá-lo. A garota do dia anterior estava na primeira fila. Era realmente linda e lhe lançava olhares muito significativos, mas ele não tinha nenhuma vontade de conversar nem de começar uma nova história. Só queria que o deixassem em paz, na esperança de que as feridas cicatrizassem.

* * *

— Não fala bobagem, Louis! O que o Zayn tem a ver com a Mapy?

— O outro, aquele das flores, dos cartazes, aquele que está brigando por ela com você e ela não sabe quem escolher... é o Zayn.

Harry olhou para Louis. Ele estava sério. Seríssimo.

Ele não conseguia acreditar no que o amigo estava dizendo, parecia absurdo.

— É verdade, Harry. É a Mapy. Eles se conheceram por acaso num estacionamento. Lembra quando ele chegou atrasado dizendo que alguém tinha bloqueado o carro dele? A garota de quem ele estava falando era a Mapy.

Harry estava transtornado. Sua mente não conseguia processar a informação, e uma parte dele esperava que fosse um enorme, um gigantesco engano.

— Foi ele quem te contou?

— Ele não sabe de nada. Assim como você, ele não sacou que o outro era você. O Liam me confirmou agora há pouco. Eu já tinha percebido antes, quando vi a Mapy no jardim e o Liam me disse que era a garota por quem o Zayn estava apaixonado. O Liam conheceu ela ontem, no desfile no centro. Eles passearam um pouco, a Doniya também estava junto.

Harry lembrou na hora o que Mapy tinha lhe dito no pátio, no momento em que eles brigaram. Tudo se encaixava perfeitamente: ela tinha encontrado o outro no centro, e estavam também a irmã e um amigo dele, ou seja, Doniya e Liam.

— O Liam me disse que o Zayn se abriu com ele algumas vezes, falando sobre essa garota, com quem ele só brigava, porque ela não queria admitir que sentia alguma coisa por ele. Disse também que o Zayn fez loucuras pra convencer a Mapy a dar uma chance pra ele.

Louis lhe dizia uma coisa de cada vez, para que ele assimilasse toda a história. Harry absorvia golpe atrás de golpe, cada vez mais pálido. Seu rosto estava sério, e ele começava a entender que tudo mudaria.

— Os famosos cartazes... ele encomendou com o Liam, os dois bolaram juntos.

Louis via claramente que Harry estava mal. Ele se sentia impotente e queria ajudar o amigo de qualquer jeito.

— Harry, eu queria...

— Me deixa sozinho — ele disse quase sem fôlego, passando nervosamente a mão pelos cabelos, na tentativa de se acalmar.

— Temos a transmissão, Harry.

— Que se dane! Me deixa sozinho! — ele gritou, afastando-se e entrando pelo jardim.

* * *

Zayn deu uma risada sem alegria.

— Tudo bem. Agora chega, Liam. Se você precisa me dizer algo sério, diz logo. Ou então me deixa em paz.

— Zayn, eu estou com cara de quem está brincando? Além do mais, você me conhece. Eu não mentiria sobre uma coisa tão importante.

Zayn apertou os olhos e olhou torto para ele.

— Não é possível. O outro é um simples aprendiz de confeiteiro, não é um cantor famoso. É um colega que trabalha com ela na confeitaria! Você está enganado, Liam.

— E aonde você acha que o Harry ia todas as manhãs? Você viu ele na última semana? Não notou que à tarde ele voltava podre de cansaço e ia direto dormir?

Zayn olhava para ele, cético. Não acreditava no amigo. Por algum motivo absurdo, Liam estava dizendo um monte de besteiras. Certamente tinha boas intenções, mas estava enganado. Mapy não tinha nada a ver com Harry, absolutamente nada. Zayn deu alguns passos, decidido a ir embora, quando Liam lhe disse:

— Você não acredita em mim, não é? Então pergunta pro Louis! Ele conheceu a Mapy ontem e vai te falar que eu não estou mentindo. A Mapy é a garota por quem o Harry está apaixonado.

Zayn havia parado para escutá-lo, sem nem se virar. Ele não perguntaria nada a Louis. Em vez disso, iria falar diretamente com Harry.

* * *

O timer ao lado do set indicava que faltava um minuto e meio para o fim do videoclipe e depois começaria a última parte da transmissão ao vivo. Quase todos no jardim olhavam para as imagens nas duas telas, mas Mapy estava no gazebo, a pedido da mãe. No entanto, Mapy não a escutava. Estava concentrada na música do clipe, esperando que acabasse. Depois de uns dois minutos, a música parou. Mapy estava tensa como uma corda de violino. Aguardou alguns segundos e em seguida saiu do gazebo como um raio, aproximando-se da piscina onde estavam as duas telas. Estava agitadíssima e respirava rapidamente. Niall estava no set, com o olhar perdido, e outras pessoas olhavam em volta, preocupadas.

— Temos um problema técnico! — ela ouviu alguém dizer.

Nas telas não havia nenhuma imagem, depois, de repente, começou uma gravação.

Não era mais o vídeo do One Direction. Fez-se silêncio absoluto, e todos pararam para olhar aquele estranho vídeo. Niall também ficou curioso, enquanto os técnicos e os assistentes de estúdio se perguntavam, espantados, o que estava acontecendo.

Mapy sorriu, feliz, pensando em Megan.

* * *

Megan olhava para o rosto sorridente de Niall, que caminhava na praia, cantando a nova música. Subitamente o vídeo parou e, depois de alguns segundos de escuridão, começou outra gravação. A cena tinha sido gravada com um celular, e o enquadramento era fixo. Na imagem, um garoto loiro fumava um cigarro enquanto falava com outro, que não aparecia. O coração de Megan deu um pulo. Era o operador de vídeo que tinha filmado Niall e ela na noite anterior e que a tinha acusado explicitamente de ter vendido o furo de reportagem para a imprensa! Ela também reconheceu imediatamente a outra voz, a do garoto que estava fora do enquadramento: era Hugo!

* * *

Niall também reconheceu o operador e se levantou de repente do sofá, aproximando-se da tela. O silêncio era total, e todos estavam concentrados na imagem daquele desconhecido.

* * *

Alana viu Nick na tela e arregalou os olhos.

Que droga aquele idiota estava fazendo na tevê? Ela começou a ter um mau pressentimento e se inclinou para ouvir melhor o que ele estava dizendo.

— *... hoje de manhã estava em todos os jornais. Caramba, que furo!*
— *Eu que fiz a gravação.*
— *Você deve ter ganhado um bom dinheiro, cara. Que sorte, hein?*
— *Bom, na verdade... Vou te contar uma coisa... Foi tudo arranjado.*
— *Como todos os furos... Eles fazem de propósito pra conseguir publicidade.*
— *Não, ele não sabia de nada, nem ele nem a garota que estava com ele... Foi aquele Bredford que planejou tudo... um jornalistazinho de cidade pequena, mas que desembolsou uma grana violenta!*
— *Me disseram que tinha muita gente e que a polícia entrou no meio.*
— *É, cara... Foram eles que chamaram...*
— *Eles quem?*
— *O Bredford e aquela boazuda da sobrinha dele... Como é que ela chama? Alana! Ela só me deu dois minutos de atenção pra me falar o que eu tinha que dizer e... uma grana extra...*
— *E o que você tinha que dizer? Uma poesia?*
— *Eu tinha que dizer: "Parabéns, Megan! Caramba, que furo! Você foi ótima! Vai nos render muito dinheiro! Amanhã chega o seu cheque! Estamos ricos, Megan!!!" A gostosa me fez repetir um monte de vezes e exigiu que eu falasse na frente do loirinho, senão nada de dinheiro!*

O vídeo terminou e a tela voltou a ficar escura. Houve mais três segundos de silêncio, depois começou uma confusão dos infernos.

Gente aplaudindo, técnicos e assistentes de estúdio gritando, o apresentador que, pasmo, falava com o estúdio pedindo explicações e berrando para ser ouvido. Todos estavam chocados com aquele vídeo, e muitos jornalistas ali presentes literalmente se jogaram em cima de Niall, enchendo-o de perguntas. Ele parecia atordoado e olhava em volta, tentando entender o que acabara de ver. Depois encontrou o olhar de Alana, a garota que o tinha conduzido para fora da multidão na noite anterior. Era ela a garota de quem o operador falava?

Ela estava branca de raiva e tinha um olhar maligno. Niall foi até ela e a olhou nos olhos.

— Foi você! — Não era uma pergunta, ele não precisava perguntar nada, apenas ouvia a verdade dentro de si.

— Niall, aquele cara é louco, eu não sei do que ele está falando — Alana tentou se defender.

— Você não me engana! Estou vendo na sua cara. Foi você. Por quê? Por quê?

Alana não respondeu. Era evidente que a culpa era dela.

Niall a olhou com desprezo.

— Some daqui! — gritou na cara dela, depois ordenou aos seguranças: — Ponham essa garota pra fora!

As pessoas no jardim começaram a aplaudir entusiasmadas, enquanto Mapy chorava de felicidade. Viu Hugo, que vinha apressado em sua direção.

— Deu pra ver? Deu pra ver? — ele perguntou, apreensivo.

— Você é o máximo, Hugo! Simplesmente o máximo! — Mapy exclamou, abraçando o amigo com força.

* * *

— Cadê o Harry?

Zayn estava furioso. Se era uma brincadeira, era de péssimo gosto.

— Zayn, fica calmo. Pensa. O Harry não sabia que o outro era você.

— Fica fora disso, Louis! Só me diz onde ele está.

Louis sustentou seu olhar e apontou para o fundo do jardim. Zayn se encaminhou para lá a passos rápidos. Liam alcançou Louis. Ambos temiam o que poderia acontecer, mas era melhor deixar os dois sozinhos naquele momento. Então foram juntos para o set, justamente quando as telas acabavam de exibir o vídeo de Hugo.

— Mas onde é que foi parar todo mundo?

Paul Higgins gritava feito louco. No set não tinha ninguém da banda! O momento era crucial, e eles precisaram interromper a transmissão ao vivo alegando problemas técnicos.

Os apresentadores no estúdio estavam espantados, mas driblaram o problema com uma piadinha.

— Bem, Alan! Como sempre, os garotos do One Direction são mesmo imprevisíveis. Voltaremos a fazer contato assim que os "problemas técnicos" forem resolvidos — disse um deles, piscando para a câmera e chamando os comerciais.

Paul se dirigiu a Niall, que estava tirando o microfone e o ponto eletrônico.

— Vou embora — disse Niall, decidido.

— Mas você não pode, Niall.

— É claro que posso! Não tente me impedir! Vou falar com a Megan!

Paul abriu os braços, resignado, e o deixou ir. Ele o conhecia bem e sabia que seria inútil segurar Niall ali, naquele momento.

O produtor do programa se aproximou de Paul e falou ao seu ouvido. Eles ainda podiam reverter aquela confusão a favor deles. Paul escutou com atenção e sorriu.

* * *

Megan estava chocada. Ela chorava de felicidade, enquanto sua mãe tentava acalmá-la. Ela não sabia como Hugo tinha feito para gravar aquele vídeo e colocá-lo no ar, mas seria grata a ele por toda a vida. Tentou ligar para o amigo, mas o celular dele estava desligado. Então telefonou para Mapy, mas o celular dela também estava fora de área. A multidão na frente da casa de Megan se avolumava cada vez mais, com a chegada de dezenas de jornalistas.

* * *

Harry estava parado debaixo de um carvalho secular, aonde tinha ido muitas vezes durante aquelas semanas com os outros da banda. Olhou para as iniciais que tinham gravado no tronco da árvore e sorriu com a lembrança. Parecia que tinha se passado uma eternidade, e não alguns dias. Tantas coisas haviam mudado desde então. Ele havia mudado, e outras coisas também mudariam.

Viu Zayn chegando.

Estava tão tenso e nervoso quanto ele.

Parou a alguns metros e o olhou nos olhos.

O que estava em jogo eram coisas muito importantes. A amizade, a banda, a própria vida deles e, principalmente, Mapy.

— Então é você o aprendiz de confeiteiro? — Zayn perguntou, irônico.

— Sim. Com contrato regular — respondeu Harry.

— Eu estou apaixonado por ela.

— Eu também estou apaixonado por ela.

Ficaram em silêncio por alguns segundos.

— Boa ideia aquela dos cartazes. Parabéns — disse Harry.

— Obrigado. O avião de hoje também não foi nada mau — respondeu Zayn.

— Não pense que eu vou me afastar dela porque o outro cara é você.

— Eu também não tenho intenção de deixar a Mapy pra você. Você não me mete medo!

— E aí? Como vamos fazer?

— Vamos lutar... Quem ganhar fica com ela — propôs Zayn, agressivo.

— Por mim tudo bem — rebateu Harry, desabotoando a jaqueta.

* * *

— Mapy, oi!

Mapy estava parada perto do set com Hugo. Ele estava lhe contando como tinha feito para inserir o vídeo no computador que controlava a transmissão, quando ouviu que alguém a chamava.

Era Doniya, a irmã de Zayn, que sorria cordialmente para ela.

— Oi — Mapy respondeu, surpresa em vê-la.

— O Zayn não me disse que você vinha — ela comentou.

— Por quê? O Zayn está aqui? — Mapy perguntou, perplexa.

— Claro! Onde mais você acha que ele estaria? Está no set.

As duas se viraram para os sofás da transmissão de tevê, mas não tinha ninguém lá.

— Ele estava ali até um instante atrás.

Naquele exato momento, começaram a passar nas telas as imagens do novo videoclipe da banda, retransmitidas pela MTV.

Mapy se virou para olhar, curiosa.

Tinham sido gravadas em uma praia que lhe parecia familiar.

— Pronto, olha, agora vai entrar o Zayn... — Doniya lhe dizia, orgulhosa, enquanto justamente naquele instante ele aparecia, com o conjunto branco que usava quando fora pela primeira vez à confeitaria.

Mapy ficou boquiaberta. As imagens se sucediam na tela quando Harry foi enquadrado.

O seu Harry.

Ela ficou sem ar enquanto era esmagada por uma emoção violenta.

Aproximou-se da tela e esfregou os olhos. Depois se virou para Hugo, que olhava para ela, confuso. Ela não conseguia falar. Um novo close enchia a tela. Mapy olhou para ele e só conseguiu dizer:

— Harry.

Doniya sorriu para ela, preocupada.

— Sim, é o Harry. Harry Styles. Você também conheceu ele?

Sim, é aprendiz de confeiteiro na minha cozinha, ela pensou em dizer, mas não conseguiu articular nem uma palavra.

Sentiu que ia desmaiar e, se Hugo não a tivesse segurado, teria desabado no chão.

— Mapy, você está bem? Rápido, um pouco de água — pediu Doniya, com a voz um pouco alarmada.

Liam viu toda a cena ao chegar ao set. Decidiu intervir na mesma hora.

— Vem, Hugo, vamos tirar a Mapy daqui.

Hugo olhou para ele. Era o garoto que no dia anterior estava com Zayn e sua irmã... e agora cantava um trecho da música correndo descalço na praia!

Era outro membro da banda mais famosa do mundo. *Rápido, um pouco de água com açúcar pra mim também*, ele pensou.

Mapy se sentia muito mal. Suas pernas tremiam, e ela não conseguia falar. O choque a paralisara completamente. Seus pensamentos tinham se estacado em duas imagens que se alternavam em sua mente, e ela não conseguia sair daquele estado. Zayn e Harry vestidos de branco, cantando na praia.

Os dois garotos por quem ela havia se apaixonado se conheciam. Eram amigos e cantores não apenas famosos, mas celebridades mundiais.

E ela não tinha percebido nada!

Subitamente seus pensamentos se libertaram daquela paralisia e, como quando se abre uma garrafa de champanhe após tê-la agitado rapidamente, começaram a sair todos juntos.

De repente ela se lembrou das palavras de Doniya, no dia em que ela foi à confeitaria: "... e aqui foi quando ele voltou pra casa depois do programa".

Ela estava falando do *X Factor*, o programa que os havia lançado, mas Mapy não deu atenção. Lembrou também das palavras de Zayn quando lhe perguntara sobre o trabalho dele, e ele disse, rindo, que era um cantor famoso. Ele não estava brincando, estava falando a verdade. E era aquilo que Harry queria lhe contar. Era por isso que estava tão assustado...

Mapy ainda não conseguia acreditar. Harry e Zayn, os garotos que estavam brigando pelo seu amor, eram, os dois, do One Direction.

Ela devia se sentir zangada com eles, mas estava muito transtornada, principalmente por causa das consequências. E agora? O que aconteceria? Ela estava atordoada.

Liam e Hugo a levaram para o jardim atrás da piscina, onde não havia ninguém. Uma náusea muito forte a dominou de repente. Só teve tempo de se apoiar em um tronco de árvore e começou a vomitar. Seu estômago estava completamente vazio e os espasmos eram ainda mais dolorosos. Hugo pegou a garrafinha de água que Liam ofereceu e a abriu. Ele também parecia preocupado.

— Já vai passar — disse Mapy, tentando infundir coragem ao amigo, mas um forte enjoo a fez colocar até a alma para fora.

Hugo segurava os cabelos de Mapy e a apoiava.

Passaram-se alguns minutos, e a náusea pareceu cessar. Ela estava pálida e com os olhos fundos. Usou a água da garrafinha para lavar o rosto, e Liam, que tinha ido pegar mais algumas, lhe ofereceu outra, com um guardanapo.

Mapy bebeu e se apoiou no tronco da árvore. Não conseguia pensar claramente. Estavam lá ela, Hugo, Liam e outro garoto que havia chegado: era Louis, o amigo de Harry, que no dia anterior tinha beijado sua mão.

Todos usavam a mesma roupa que Harry estava vestindo naquela tarde e que Zayn usava no vídeo.

— Vocês também são do One Direction — ela disse, olhando Louis e Liam nos olhos. Não era uma pergunta, era uma constatação.

Ela deu uma risada amarga. *Como sou imbecil!*, pensou. *Todo mundo conhece esses garotos, e eu nunca percebi nada!*

Tinha chegado a hora de enfrentar a situação e pôr todos os pingos nos is.

— Onde o Harry e o Zayn estão?

Louis falou primeiro:

— Talvez seja melhor eu te explicar algumas coisas antes.

— Eu não quero saber de nada! Só quero saber onde eles estão! — ela rebateu duramente.

Liam e Louis se entreolharam e apontaram para uma trilha que desaparecia além da curva de uma pequena depressão.

— Eu vou sozinha — ela falou, resoluta.

Então seguiu pela estradinha com a cabeça completamente vazia, se recusando a pensar.

* * *

Niall dirigiu o mais rápido que pôde e chegou em tempo recorde na frente da casa de Megan.

Deixou o carro no meio da rua e olhou para o guarda que tentava manter a ordem.

O guarda o reconheceu imediatamente e sorriu para ele.

— Vai lá, garoto... — o encorajou, enquanto a multidão explodia num aplauso.

Dezenas de câmeras estavam apontadas para Niall, enquanto as pessoas abriam passagem para permitir que ele chegasse até a porta.

Megan estava em seu quarto. A tevê ainda estava ligada na MTV, mas a transmissão ao vivo tinha sido suspensa por motivos técnicos. Ela ouviu a multidão na frente da casa começar subitamente a gritar e a aplaudir, enquanto sua mãe a chamava, cheia de entusiasmo.

— Megan! Megan! A tevê! A tevê! — a mãe gritou, já abrindo a porta do quarto dela.

Megan pegou o controle remoto e sintonizou na BBC. A tela mostrava um mar de gente gritando e aplaudindo, garotas chorando e sorrindo felizes, outras se abraçando, enquanto um garoto atravessava a multidão. Era Niall. E aquela era a frente da casa dela.

Ouviu baterem, ao mesmo tempo em que na tela apareciam os dizeres "ao vivo". Seu coração começou a pular que nem louco, enquanto ela corria para abrir a porta. Parou e inspirou profundamente. A multidão se calou de repente. Niall estava diante dela, vestido de branco. Estava lindo, emocionado e não conseguia falar. Ela olhava para ele com os olhos cheios de lágrimas. Ele engoliu em seco algumas vezes, pegou a mão dela e a levou ao coração, que batia agitado.

Da multidão se ergueu uma única voz, que rasgou o silêncio:

— Beija!

Niall sorriu e não fez cerimônia. Pegou Megan nos braços e a beijou apaixonadamente.

A multidão explodiu num aplauso alegre e em gritos de felicidade, enquanto Megan e Niall, ao vivo e em rede nacional, estavam juntos novamente.

* * *

Mapy viu Harry e Zayn. Estavam embaixo de um carvalho, brigando. Por ela.

Tinham tirado a jaqueta e a camisa e estavam com o torso nu, trocando socos para valer. Ela correu até eles.

— Parem, os dois! — gritou. — Chega! Parem com isso!

Mas eles continuavam se esmurrando, imperturbáveis.

Ela se jogou entre eles, tentando separá-los, e eles finalmente pararam.

A respiração deles estava acelerada. Zayn tinha um corte na sobrancelha, e saía sangue do nariz de Harry. Eles transpiravam muito, e as calças estavam manchadas de grama e sangue. Eles se olhavam com hostilidade, enquanto Mapy, de braços abertos entre os dois, tentava mantê-los longe um do outro.

Harry se moveu rapidamente, tentando novamente atingir Zayn, que conseguiu se esquivar do golpe ao mesmo tempo em que Mapy gritava:

— Chega! Parem!!!

Tinham recomeçado.

Mapy se agarrou em Zayn tentando se colocar de novo entre eles. Tinha quase conseguido, quando um dos dois lhe deu uma cotovelada sem querer no lado direito do rosto. Ela deu um pulo para trás, caindo ruidosamente no chão.

Zayn e Harry pararam de repente e correram até ela.

— Mapy! Mapy! Você se machucou?

Ela estava com a mão no rosto, enquanto o olho lacrimejava.

— Harry, vá pegar gelo — disse Zayn, com urgência na voz.

Harry saiu correndo rapidamente na direção da casa, enquanto Zayn tentava descobrir se ela tinha quebrado alguma coisa.

— Tira a mão, Mapy, me deixa ver o machucado.

Ela obedeceu, e ele apalpou a maçã do rosto e o nariz.

— Ai! Você está me machucando!

Zayn continuou tocando o rosto dela, depois a olhou nos olhos.

— Não tem nada quebrado. Vai doer um pouco, mas vai passar.

— Você está sangrando, Zayn.

Ele tocou o corte sobre o olho e deu de ombros.

— Não foi nada.

Harry chegou correndo. Tinha trazido gelo, alguns lenços para Mapy e antissépticos, curativos e algodão para si mesmo e para Zayn.

Mapy olhou para eles, primeiro para um, depois para o outro. Então, segurando o gelo sobre o próprio rosto com a mão esquerda, limpou com a direita o corte de Zayn sobre o olho, aplicando-lhe um curativo. Em seguida limpou o nariz de Harry, que ainda sangrava, colocando algodão nas narinas. Nenhum dos três disse uma palavra. Estavam sentados no chão sob o carvalho, sujos e suados. Mapy estava no meio dos dois.

O primeiro a reagir foi Zayn.

Ele abriu a boca, tentando conter a risada que vinha crescendo dentro dele, depois olhou para Harry e Mapy, até que não conseguiu mais se segurar. Começou a rir muito, com lágrimas nos olhos, enquanto os outros dois olhavam para ele sem entender.

— Estamos tão engraçados — conseguiu dizer entre lágrimas.

E foi o sinal para que os três explodissem numa sonora gargalhada.

Epílogo

No túnel iluminado pelo neon o barulho chegava abafado, e quanto mais se aproximavam, mais forte e pulsante ele ficava. Subiram por uma escada de ferro e atravessaram uma porta anti-incêndio, que um segurança, de jeans, camiseta preta e escuta no ouvido, mantinha aberta. Caminhavam a passos rápidos, sem dizer uma palavra. Entraram em um corredor com diversas portas e o percorreram quase todo, até chegarem a outra grande porta anti-incêndio. O homem que as acompanhava a abriu.

Era o backstage. Ali o barulho era muito intenso, mas as cortinas pesadas o amorteciam. No ar havia uma energia pura, uma força invisível, mas real, que fazia a pele se arrepiar. Mapy deu alguns passos em direção ao tecido preto e o afastou levemente. Um arrepio violento lhe percorreu as costas. O estádio de Wimbledon estava lotado. Os ingressos do primeiro dia da turnê mundial tinham se esgotado depois de poucas horas do início das vendas, vários meses antes. Eram quase nove da noite, e as luzes potentes do estádio, iluminado como se fosse dia até poucos instantes atrás, ficaram mais fracas, fazendo subitamente subir a adrenalina e o entusiasmo, que dali a pouco explodiriam.

Mapy e Megan estavam emocionadíssimas. Elas nunca haviam assistido a um show daquele tamanho e, principalmente, nunca do backstage. Era uma emoção única. Eram as duas garotas mais invejadas da Inglaterra, as que tinham alcançado o sonho supremo, que assistiriam ao show de perto, muito perto. Tinham sido entrevistadas por dezenas de jornalistas, e suas fotos estavam em todos os lugares.

Um movimento inesperado fez as duas amigas perceberem que eles tinham chegado. Assistentes de palco, iluminadores e vários técnicos trocavam as últimas informações, falando rapidamente pelos headsets, enquanto a adrenalina e a expectativa aumentavam cada vez mais.

As duas garotas se entreolharam, enquanto a pele se arrepiou com uma emoção inesquecível. O coração bateu forte, a respiração se acelerou, a garganta ficou seca e as mãos começaram a tremer levemente. Da porta anti-incêndio que alguns minutos atrás elas tinham atravessado, viram chegar um pequeno grupo de pessoas.

Mapy e Megan pareciam hipnotizadas enquanto Harry, Niall, Zayn, Liam e Louis surgiam, deixando-as completamente sem fôlego. Os olhos das duas brilhavam, e um sorriso de alegria iluminava seu olhar e seu coração naquele momento, o mais bonito da vida delas, aquele que, juntas, tinham sonhado dezenas e dezenas de vezes.

Um assistente de palco disse alguma coisa aos garotos. Ao mesmo tempo, todos os membros do One Direction olharam para elas. Depois se aproximaram sorridentes, enquanto as duas ficavam ali, paradas, paralisadas de emoção.

— Oi — disse Harry. — Então vocês são as vencedoras do concurso?

Mapy e Megan assentiram, apertando a mão dele e se inclinando para lhe dar um beijo no rosto. Os outros também se aproximaram e se apresentaram. Conversaram um pouco, enquanto faziam as fotografias de praxe e autografavam o novo CD, que as duas garotas haviam ganhado, com o ingresso para o show e a entrada no backstage.

A fanfiction delas havia sido escolhida entre milhares de outras, e agora, graças àquela história, estavam diante de seus ídolos, que sorriam gentilmente para elas.

— Eu li a fanfiction de vocês! — disse Zayn. — Qual de vocês é a Mapy?

— Eu — respondeu ela, quase sussurrando e ficando vermelha como um pimentão.

Ele sorriu para ela e piscou um olho enquanto lhe dava um autógrafo.

O momento havia chegado. Eles se despediram com um beijo e um abraço e foram em direção ao palco. Alguns assistentes ajustavam seus pontos eletrônicos.

Dos amplificadores saía o som de um batimento cardíaco que aumentava cada vez mais, ao mesmo tempo em que o palco era iluminado por luzes intermitentes e hipnóticas que pulsavam no mesmo ritmo.

De repente a luz focou intensamente os garotos do One Direction, que entraram no palco e começaram a cantar.

E foi o delírio.

Impresso no Brasil pelo Sistema Cameron da Divisão Gráfica da
DISTRIBUIDORA RECORD DE SERVIÇOS DE IMPRENSA S.A.